明·周嘉胄 撰

香乘

（一）

中国书店

詳校官候補知縣臣楊懋珩

臣紀昀覆勘

欽定四庫全書　　　子部九

香乘　　　　譜録類 器物之屬

提要

臣等謹案香乘二十八卷明周嘉冑撰嘉冑字江左揚州人此書初纂于萬歷戊午止二十三卷李維楨為作序後自病其踈畧續輯為二十八卷以崇楨辛巳刊成嘉冑自為前後二序其書凡香品五卷佛藏諸香一卷宫

掖諸香一卷香異一卷香事分類二卷香事
別録二卷香緒餘一卷法和衆妙香四卷凝
合花香一卷熏佩之香塗傅之香共一卷香
屬一卷印香方一卷印香圖一卷晦齋香譜
一卷墨娥小録香譜一卷獵香新譜一卷香
爐一卷香詩香文各一卷採摭極為繁富考
南宋以來有洪芻葉廷珪諸家之譜今或傳
或不傳其傳者亦篇帙寥寥故周紫芝太倉

稗米集稱所徵香事多在洪譜之外嘉冑此編殫二十餘年之力凡香名品故實以及修合賞鑒諸法無不旁徵博引一一具有始末自有香譜以來惟陳振孫書錄解題載有香嚴三昧十卷篇帙最富嘉冑此集乃幾于三倍之談香事者固莫詳備于斯矣乾隆四十九年二月恭校上

總纂官臣紀昀臣陸錫熊臣孫士毅

總校官臣陸費墀

香乘序

余好睡嗜香性習成癖有生之樂在茲遁世之情彌篤每謂霜裏佩黃金者不貴於枕上黑甜馬首擁紅塵者不樂於爐中碧篆香之為用大矣哉通天集靈祀先供聖禮佛藉以導誠祈仙因之昇舉至返魂祛疫辟邪飛氣功可回天殊珍異物纍纍徵奇豈惟幽賞破寂繡閣助歡已耶少時嘗為此書鳩集一十三卷時欲命梓殊歉挂漏乃復窮搜遍輯積有年月通得二十八卷嗣後

次第獲覩洪顔沈葉四氏香譜每譜卷帙寥寥似未賅博然又皆脩合香方過半且四氏所纂互相重複至如幽蘭木蘭等賦於譜無關經余所採通不多則而辯論精審葉氏居優其脩合諸方實有資焉復得晦齋香譜一卷墨娥小録香譜一卷并全録之計余所纂頗亦浩緐尚冀海底珊瑚不辭探討而異跡無窮年力有盡乃授剞劂布諸藝林卅載精勤庶幾不負更欲纂睡旨一書以副初志李先生所為序正在一十三卷之時今先

生下世十年惜不得吾全書而為之快讀不勝高山仰止之思焉崇禎十四年歲次辛巳春三月六日書於鴞足齋周嘉胄

欽定四庫全書

香乘卷一

明 周嘉冑 撰

香品 隨品附事實

香最多品類出交廣崖州及海南諸國然秦漢已前未聞惟稱蘭蕙椒桂而已至漢武奢靡尚書郎奏事者始有含雞舌香及諸夷獻香種種徵異晉武時外國亦貢異香迨煬帝除夜火山燒沉香甲煎不計數

海南諸香畢至矣唐明皇君臣多用沉檀腦麝為亭閣何侈也後周顯德間昆明國又獻薔薇水矣昔所未有今皆有焉然香一也或生於草或生於木或花或實或節或葉或皮或液或又假人力煎和而成有供焚者有可佩者又有充入藥者詳列如左

沉水香　考證一十九則

木之心節置水則沉故名沉水亦曰水沉半沉者為棧香不沉者為黃熟香南越志言交州人稱為蜜香謂其

氣如蜜脾也梵書名阿迦嚧香

香之等凡三曰沉曰棧曰黄熟是也沉香入水即沉其品凡四曰熟結乃膏脉凝結自朽出者曰生結乃刀斧伐仆膏脉結聚者曰脱落乃因木朽而結者曰蟲漏乃因蠹隙而結者生結為上熟脱次之堅黑為上黄色次之角沉黑潤黄沉黄潤蠟沉柔韌草沉紋横皆上品也海島所出有如石杵如肘如拳如鳳雀龜蛇雲氣人物及海南馬蹄牛頭燕口繭栗竹葉芝菌梭子附子等香

皆因形命名耳其棧香入水半浮半沉即沉香之半結連木者或作煎香番名婆菜香亦曰弄水香甚類蝟刺雞骨香葉子香皆因形而名有大如笠者為蓬萊香有如山石枯槎者為光香入藥皆次於沉水其黄熟香即香之輕虚者俗訛為速香是矣有生速斫伐而取者有熟速腐朽而取者其大而可雕刻者謂之水盤頭並不可入藥但可焚爇本草綱目

嶺南諸郡悉有傍海處尤多交榦連枝岡嶺相接千里

不絶葉如冬青大者數抱木性虚柔山民以搆茅廬或

為橋梁為飯甑有香者百無一二葢木得水方結多有

折枝枯榦中或為沉或為櫰或為黄熟自枯死者謂之

水盤香南息高竇等州惟産生結香葢山民入山以刀

斫曲榦斜枝成坎經年得雨水浸漬遂結成香乃鋸取

之刮去白木具香結為斑點名鷓鴣斑燔之極清烈香

之良者惟在瓊崖等州俗謂之角沉黄沉乃枯木得者

宜入藥用依木皮而結者謂之青桂氣尤清在土中歳

久不待剜剔而成薄片者謂之龍鱗削之自卷咀之柔韌者謂之黄蠟沉尤難得也同上

諸品之外又有龍鱗麻葉竹葉之類不止一二十品要之入藥惟取中實沉水者或沉水而有中心空者則是雞骨中有朽路如雞骨血眼也同上

沉香所出非一真臘者為上占城次之渤泥最下真臘之香又分三品緑洋極佳三濼次之勃羅間差弱而香之大槩生結者為上熟脱者次之堅黒為上黄者次之

然諸沉之形多異而名不一有狀如犀角者有如燕口者如附子者如梭子者是皆因形而名其堅緻而有紋橫者謂之橫隔沉大抵以所產氣色為高而形體非以定優劣也綠洋三濼勃羅闍皆真臘屬國葉廷珪南番香録

蜜香沉香雞骨香黃熟香棧香青桂香馬蹄香雞舌香

按此八香同出於一樹也交阯有蜜香樹榦似櫸柳其花白而繁其葉如橘欲取香伐之經年其根榦枝節各有別色木心與節堅黑沉水者為沉香與水面平者為

雞骨香其根為黄熟香其榦為棧香細枝緊實未爛者為青桂香其根節輕而大者為馬蹄香其花不香成實乃香為雞舌香珍異之本也陸佃埤雅廣要

太學同官有曾官廣中者云沉香襍木也朽蠹浸沙水歲久得之如儋崖海道居民橋梁皆香材如海桂橘柚之木沉於水多年得之為沉水香本草謂為似橘是已然生採之則不香也續博物志

瓊崖四州在海島上中有黎戎國其族散處無酋長多

沉香藥貨 孫升談圃

水沉出海南凡數種外為斷白次為棧中為沉今嶺南巖峻處亦有之但不及海南者清婉耳諸夷以香樹為槽以飼雞犬故鄭文寶詩云沉檀香植在天涯賤等荊衡水面槎未必為槽飼雞犬不如煨燼向豪家 陳譜

沉香生在土最久不待刓剔而得者 孔平仲談苑

香出占城者不若真臘真臘不若海南黎峒黎峒又以萬安黎母山東峒者冠絕天下謂之海南沉一片萬錢

海北高化諸州者皆棧香耳蔡絛叢談

上品出海南黎峒一名土沉香少有大塊其次如蠒栗角如附子如芝菌如茅竹葉者佳至輕薄如紙者入水亦沉香之節因久蟄土中滋液下流結而為香採時香面悉在下其背帶木性者乃出土上環島四郡界皆有之悉冠諸番所出又以出萬安者為最勝說者謂萬安山在島正東鍾朝陽之氣香尤醖藉豐美大抵海南香氣皆清淑如蓮花梅英鵝梨蜜脾之類焚博山投少許

氛翳彌室翻之四面懸香至煨燼氣不焦此海南之辯也北人多不甚識蓋海上亦自難得省民以牛博之於黎一牛博香一擔歸自擇選得沉水十不一二中州人士但用廣州舶上占城真臘等香近來又貴登流眉來者余試之乃不及海南中下品舶香往往腥烈不甚腥者氣味又短帶木性尾烟必焦其出海北者生交趾及交人得之海外番舶而聚於欽州謂之欽香質重實多大塊氣尤酷烈不復風韻惟可入藥南人賤之范成大桂海虞

衡志

瓊州崖萬瓊山定海臨高皆產沉香又出黄速等香大明一統志

香木斫斷歲久朽爛心節獨在投水則沉同上

環島四郡以萬安軍所採為絕品豐郁醞藉四面悉皆翻爇燼餘而氣不盡所產處價與銀等稗史彙編

大率沉水萬安東洞為第一品在海外則登流眉片沉可與黎峒之香相伯仲登流眉有絕品乃千年枯木所

結如石杵如拳如肘如鳳如孔雀如龜蛇如雲氣如神仙人物焚一片則盈室香霧越三日不散彼人自謂無價寶多歸兩廣帥府及大貴勢之家同上

香木初一種也膏脉貫溢則沉實此為沉水香有曰熟結自然其間凝實者脫落因木朽而自解者生結人以刀斧傷之而後膏脉聚焉蟲漏因蟲傷蠹而後膏脉亦聚焉自然脫落為上以其氣和生結蟲漏則氣烈斯為下矣沉水香過四者外則有半結半不結為弄水香番

言為婆菜因其半結則實而色重半不結則不大實而色褐好事者謂之鷓鴣斑婆菜中則復有名水盤頭結實厚者亦近沉水凡香木被伐其根盤結處必有膏脉湧溢故亦結但數為雨淫其氣頗腥烈故婆菜中水盤頭為下餘雖有香氣不大凝實又一品號為棧香大凡沉水婆菜棧香嘗出於一種而每自有高下三者其產占城不若真臘國真臘不若海南諸黎峒海南諸黎峒又不若萬安吉陽兩軍之間黎毋山至是為冠絕天下

之香無能及之矣又海北則有高化二郡亦產香然無是三者之别第為一種類棧之上者海北香若沉水地號龍竈者高京地號浪灘者官中時時擇其高勝試爇一炷其香味雖淺薄乃更作花氣百和旖旎同上

南方火行其氣炎上藥物所賦皆味辛而嗅香如沉棧之屬世專謂之香者又美之所鍾也世皆云二廣出香然廣東香乃自舶上來廣右香產海北者亦凡品惟海南最勝人士未嘗至南者未必盡知故著其說桂海志

高容雷化山間亦有香但白如木不禁火力氣味極短亦無膏乳土人貨賣不論錢也稗史彙編

泉南香不及廣香之為妙都城市肆有詹家香頗類廣香今日多用全類辛辣之氣無復有清芬韻度也又有官香而香味亦淺薄非舊香之比

已下九品俱沉香之屬

生沉香即蓬萊香

出海南山西其初連木狀如粟棘房土人謂之刺香刀

劄去木而出其香則堅緻而光澤士大夫曰蓬萊香氣清而且長品雖侔於真臘然地之所產者少而官於彼者乃得之商舶罕獲焉故值常倍於真臘所產者云（香錄）

蓬萊香即沉水香結未成者多成片如小笠及大菌之狀有徑一二尺者極堅實色狀皆似沉香惟入水則浮劄去其背帶木處亦多沉水（桂海虞衡志）

光香

與欃香同品第出海北及交趾亦聚於欽州多大塊如

山石枯槎氣粗烈如焚松檜曾不能與海南棧香比南人常以供日用及陳祭享同上

海南棧香

香如蝟皮栗蓬及漁蓑狀盖修治雕鏤費工去木留香棘刺森然香之精鍾於刺端芳氣與他處棧香迥別出海北者聚於欽州品極凡與廣東舶上生熟速結等香相埒海南棧香之下又有蟲漏生結等香皆下色同上

番香一名番沉

出勃泥三佛齊氣獷而烈價真臘綠洋減三分之二視占城減半矣（香錄）

占城棧香

棧香乃沉香之次者出占城國氣味與沉香相類但帶木頗不堅實亞於沉而優於熟速（香錄）

棧與沉同樹以其肌理有黑脉者為別（本草拾遺）

黃熟香

亦棧香之類但輕虛枯朽不堪也今和香中皆用之

黃熟香夾棧香黃熟香諸番出而真臘為上黃而熟故名馬其皮堅而中腐者其形狀如桶故謂之黃熟桶其夾棧而通黑者其氣尤勝故謂夾棧黃熟此香雖泉人之所日用而夾棧居上品香錄

近時東南好事家盛行黃熟香又非此類乃南粤土人種香樹如江南人家藝茶趨利樹矮枝繁其香在根剔根作香根腹可容數升實以肥土數年復成香矣以年逾久者逾香又有生香鐵面油尖之稱故廣

州志云東莞縣茶園邨香樹出於人為不及海南出於自然

速檖香

香出真臘者為上伐樹去木而取香者謂之生速樹仆木腐而香存者謂之熟速其樹木之半存者謂之檖香色黄而熟者謂之黄熟通黑者為夾檖又有皮堅而中腐形如桶謂之黄熟桶一統志

速檖黄熟即今速香俗呼鲫魚片以雉雞斑者佳重

實為美

白眼香

亦黄熟之别名也其色差白不入藥品和香用之香譜

葉子香

一名龍鱗香葢棧香之薄者其香尤勝於棧同上

水盤香

類黄熟而殊大雕刻為香山佛像並出舶上同上

有云諸香同出一樹有云諸木皆可為香有云土人

取香樹作橋梁槽甑等用大抵樹本無香須枯株朽榦仆地襲脉沁澤凝膏脫去木性秀出香材為焚爇之珍海外必登流眉為極佳海南必萬安東峒稱最勝產因地分優劣蓋以萬安鍾朝陽之氣故耳或謂價與銀等與一片萬錢者則彼方亦自高值且非大有力者不可得今所市者不過占臘諸方平等香耳

沉香祭天

梁武帝制南郊明堂用沉香取天之質陽所宜也北郊

用土和香以地於人親宜加雜馥即合諸香為之梁武祭天始用沉香古未有也

沉香一婆羅丁

梁簡文時扶南傳有沉香一婆羅丁云婆羅丁五百六十斤北戸錄

沉香火山

隋煬帝每至除夜殿前諸院設火山數十盡沉水香每一山焚沉香數車以甲煎沃之焰起數丈香聞數十里

一夜之中用沉香二百餘乘甲煎二百餘石房中不燃膏火懸寶珠一百二十以照之光比白日杜陽雜編

太宗問沉香

唐太宗問高州首領馮盎云卿去沉香遠近盎曰左右皆香樹然其生者無香惟朽者香耳

沉香為龍

馬希範搆九龍殿以沉香為八龍各長百尺抱柱相向作趨捧勢希範坐其間自謂一龍也幞頭脚長丈餘以

象龍角凌晨將坐先使人焚香於龍腹中煙氣鬱然而出若口吐然近古以來諸侯王奢僭未有如此之盛也續世說

沉香亭子材

長慶四年敬宗初嗣位九月丁未波斯大商李蘇沙進沉香亭子材拾遺李漢諫云沉香為亭子不異瑤臺瓊室上怒優容之唐紀

沉香泥壁

唐宗楚客造一宅新成皆是文柏為梁沉香和紅粉以泥壁開門則香氣蓬勃太平公主就其宅看歎曰觀其行坐處我等皆虛生浪死朝野僉載

屑沉水香末布象牀上

石季倫屑沉水之香如塵末布象牀上使所愛之姬踐之無跡者賜以珍珠百琲有跡者節以飲食令體輕弱故閨中相戲曰爾非細骨輕軀那得百琲珍珠拾遺記

沉香疊旖旎山

高麗舶主王大世選沉水香近千斤疊為旖旎山象衡嶽七十二峰錢俶許黄金五百兩竟不售清異錄

沉香翁

海舶來有一沉香翁剜鏤若鬼工高尺餘舶酋以上吳越王王目為清門處士發源於心清閑妙香也同上

沉香為柱

番禺有海獠雜居其最豪者蒲姓號曰番人本占城之貴人也既浮海而遇風濤憚於復返遂留中國定居城

中屋室侈靡踰禁中堂有四柱皆沉水香程史

沉香水染衣

周光禄諸妓掠鬢用鬱金油傅面用龍消粉染衣以沉香水月終人賞金鳳皇一隻傳芳畧記

炊飯灑沉香水

龍道千卜室於積玉坊編藤作鳳眼窗支牀用薜荔千年根炊飯灑沉香水浸酒取山鳳髓青州雜記

沉香甑

有賈至林邑舍一翁姥家日食其飯濃香滿室賈亦不喻偶見甑則沉香所刳也清異錄

又陶穀家有沉香甑魚英酒醆中現園林美女象黄霖曰陶翰林甑裏熏香醆中遊妓可謂好事矣同上

桑木根可作沉香想

裴休得桑木根曰若作沉香想之更無異相雖對沉水香反作桑根想終不聞香氣諸相從心起也常新錄

鷓鴣沉界尺

沉香帶斑點者名鷓鴣沉華山道士蘇志恬偶獲尺許修為界尺清異錄

沉香似芬陀利華

顯德末進士賈顒於九仙山遇靖長官行若奔馬知其異拜而求道取篋中所遺沉水香焚之靖曰此香全類斜光下等六天所種芬陀利華汝有道骨而俗緣未盡因授鍊仙丹一粒以栢子為糧迄今尚健同上

研金虛縷沉水香紐列環

晉天福三年賜僧法城跋遮那（袈裟環也）王言云勅法城卿佛國棟梁僧壇領袖今遣内官賜卿研金虛縷沉水香紐列環一枚至可領取（同上）

沉香板牀

沙門支法存有八尺沉香板牀刺史王淡息屢求不與遂殺而藉焉後息疾法存出為祟（異苑）

沉香履箱

陳宣華有沉香履箱金屈膝（三餘帖）

𢣏櫬沉香

無瑕𢣏屍之内皆櫬沉香謂之生香𢣏

沉香種楮樹

永徽中定州僧欲寫華嚴經先以沉香種楮樹取以造紙清賞集

蠟沉

周公瑾有蠟沉重二十四兩又火浣布尺餘雲煙過眼録

沉香觀音像

西小湖天台教寺舊名觀音教寺相傳唐乾符中有沉香觀音像泛太湖而來小湖寺僧迎得之有草繞像足以草投小湖遂生千葉蓮花蘇州舊志

沉香煎湯

丁晉公臨終前半月已不食但焚香危坐默誦佛經以沉香煎湯時時呷少許神識不亂正衣冠奄然化去東軒筆錄

婁齋沉香

吴隱之為廣州刺史及歸妻劉氏齎沉香一片隱之見之怒即投於湖天遊別集

牛易沉水香

海南産沉水香香必以牛易之黎人得牛皆以祭鬼無得脫者中國人以沉水香供佛燎帝求福此皆燒牛也何福之能得哀哉東坡集

沉香節

江南李建勲嘗蓄一玉磬尺餘以沉香節按柄叩之聲

極清越澄懷錄

沉香為供

高麗使慕倪雲林高潔屢叩不一見惟聞雲林堂宇之使驚異向上禮拜留沉香十斤為供歎息而去雲林遺事

沉香烟結七鷺鷥

有浙人下番以貨物不合時疾疾遺失盡傾其本歎息欲死海客同行慰勉再三乃始登舟見水瀕朽木一塊大如鉢取而嗅之頗香謂必香木也漫取以枕首抵家

對妻子飲泣遂再求物力以為明年圖一日鄰家穢氣逆鼻呼妻以朽木爇之則烟中結作七鷺鷥飛至數丈乃散大以為奇而始珍之未幾憲宗皇帝命使求奇香有不次之賞其人以獻授錦衣百戶賜金百兩識者謂沉香頓水次七鷺鷥日夕飲宿其上積久精神彙入因結成形云廣艷異編

仙留沉香

國朝張三丰與蜀僧廣海善寓開元寺七日臨別贈詩

并留沉香三片草履一雙海并獻文皇荅賜甚腆嘉靖聞見

録

香乘卷一

香乘卷二

明 周嘉胄 撰

香品隨品附事實

檀香考證十四則

陳藏器曰白檀出海南樹如檀

蘇頌曰檀香有數種黃白紫之異今人盛用之江淮河朔所生檀木即其類但不香耳

李時珍曰檀香木也故字從亶亶善也釋氏呼為旃檀以為湯沐猶言離垢也番人訛為真檀

李杲曰白檀調氣引芳香之物上至極高之分

檀香出崑崙盤盤之國又有紫真檀磨之以塗風腫（以上集本草）

葉廷珪曰出三佛齊國氣清勁而易泄爇之能奪衆香皮在而色黃者謂之黃檀皮腐而色紫者謂之紫檀氣味大率相類而紫者差勝其輕而脆者謂之沙檀藥中

多用之然香材頭長商人截而短之以便負販恐其氣泄以紙封之欲其滋潤也香錄

秣羅矩吒國南濱海有秣剌耶山崇崖峻嶺洞谷深澗其中則有白檀香樹旃檀你婆樹樹類白檀不可以別惟於盛夏登高遠矚其有大蛇縈者於是知之由其木性涼冷故蛇盤踞既望見以射箭為記冬蟄之後方能採伐大唐西域記

印度之人身塗諸香所謂旃檀欝金也同上

劍門之左峭巖間有大樹生於石縫之中大可數圍枝榦純白皆傳為白檀香樹其下常有巨虺蟠而護之人不敢採伐（玉堂閒話）

吉里地悶其國居重迦羅之東連山茂林皆檀香樹無別產焉（星槎勝覽）

檀香出廣東雲南及占城真臘爪哇渤泥暹羅三佛齊回回等國（大明一統志）

雲南臨安河西縣產勝沉香即紫檀香（同上）

檀香嶺南諸地亦皆有之樹葉似荔枝皮青色而滑澤紫檀諸溪洞出之性堅新者色紅舊者色紫有蟹爪文新者以水浸之可染物真者揩粉壁上色紫故有紫檀色黄檀最香俱可作帶骻扇骨等物王佐格古論

旃檀

楞嚴經云白旃檀塗身能除一切熱惱今西南諸番酋皆用諸香塗身取其義也

檀香出海外諸國及滇粤諸地樹即今之檀木葢因

彼方陽盛熯烈鍾地氣得香耳其所謂紫檀即黄白檀香中色紫者稱之今之紫檀即格古論所云器料具耳

檀香止可供上真

道書言檀香乳香謂之真香止可燒祀上真

旃檀逆風

林公曰白旃檀非不馥焉能逆風成實論曰波利國多香樹其香則逆風而聞 世說新語

檀香屑化為金

漢武帝有透骨金大如彈丸凡物近之便成金色帝試以檀香屑共裹一處置李夫人枕旁詰旦視之皆化為金屑拾遺記

白檀香龍

唐玄宗嘗詔術士羅公遠與僧不空同祈雨校功力俱詔問之不空曰臣昨焚白檀香龍上命左右掬庭水嗅之果有檀香氣酉陽雜俎

檀香牀

安禄山有檀香牀乃上賜者天寶遺事

白檀香末

凡將相告身用金花五色綾紙上散白檀香末翰林志

白檀香亭子

李絳子璋為宣州觀察使楊收造白檀香亭子初成會親賔觀之先是璋潛遣人度其廣袤織成地毯其日獻之杜陽雜編

檀香板

宣和間徽宗賜大王御筆檀香板應遊翫處所並許直入清異錄

雲檀香架

宮人沈阿翹進上白玉方響云本吳元濟所與也光明皎潔可照十數步其犀槌亦響犀也凡物有聲乃響應其中焉架則雲檀香也而文彩若雲霞之狀芬馥著人則彌月不散製度精妙固非中國所有者同上

雪檀六尺

南夷香槎到文登盡以易足物同光中有舶上檀香色正白號雪檀長六尺土人買為僧房刹竿同上

薰陸香即乳香考證十三則

薰陸即乳香為其垂滴如乳頭也鎔塌在地者為塌香皆一也佛書謂之天澤香言其潤澤也又謂之多伽羅香杜魯香摩勒香馬尾香

蘇恭曰薰陸香形似白膠香出天竺者色白出單于者

次緑色赤不佳

宗奭曰薰陸木葉類棠梨南印度界阿吒釐國出之謂之西香南番者更佳即乳香也

陳承曰西出天竺南出波斯等國西者色黃白南者色紫赤日久重疊者不成乳頭雜以砂石其成乳者乃新出未雜砂石者也薰陸是總名乳是薰陸之乳頭也今松脂楓脂中有此狀者甚多

李時珍曰乳香今人多以楓香雜之惟燒時可辨南番

諸國皆有宋史言乳香有一十三等以上集本草

大食勿拔國邊海天氣暖甚出乳香樹他國皆無其樹

逐日用刀斫樹皮取乳番人用玻璃瓶盛之名曰乳香

在地者名塌香埤雅

薰陸香是樹皮鱗甲采之復生乳頭香生南海是波斯

松樹脂也紫赤如櫻桃透明者為上廣志

乳香其香乃樹脂以其形似榆而葉尖長大斫樹取香

出祖法兒國同上

薰陸出大秦國在海邊有大樹枝葉正如古松生於沙中盛夏木膠流出沙上狀如桃膠國人採取賣與商賈無賈則自食之南方異物志

阿叱䕏國出薰陸香樹樹葉如棠梨也西域記

法苑珠林引益期牋木膠為薰陸流黃香

薰陸香出大食國之南數千里深山窮谷中其樹大抵類松以斧斫脂溢於外結而成香聚而為塊以象負之至於大食大食以舟載易他貨於三佛齊故香常聚於

三佛齊三佛齊每年以大舶至廣與泉廣泉舶上視香之多少為殿最而香之品有十其最上品為揀香圓大如指頭今之所謂滴乳是也次曰瓶乳其色亞於揀者又次曰瓶香言收時量重置於瓶中在瓶香之中又有上中下之别又次曰袋香言收時只置袋中其品亦有三等又次曰乳塌蓋鎔在地雜以沙石者又次曰黑塌蓋香在舟中為水所浸漬而氣變色敗者也品雜而碎者曰砍硝簸揚為塵者曰纏香此香之别也葉廷珪香録

僞乳香以白膠香攪糖為之但燒之烟散多叱聲者是也真乳香與茯苓共嚼則成水

皖山石乳香瓏瓏而有蜂窩者為真每先爇之次爇沉香之屬則香氣為亂香烟罩定難散者是否則白膠香也

薫陸香樹異物志云枝葉正如古松西域記云葉如棠梨華夷續考云似榆而葉尖長一統志又云類榕似因地所產葉榦有異而諸論著多自傳聞故無的

據其香是樹脂液凝結而成者香録論之詳矣獨廣志云薰陸香是樹皮鱗甲采之復生乳頭香是波斯松樹脂也似又兩種當從諸説爲是

斗盆燒乳頭香

曹務光見趙州以斗盆燒乳頭香十斛曰財易得佛難求舊相禪學録

雞舌香即丁香

陳藏器曰雞舌香與丁香同種花實叢生其中心最大

者為雞舌擊破有順理而解為兩面如雞舌故名乃是母丁香也

蘇恭曰雞舌香樹葉及皮並似栗花如梅花子似棗核此雌樹也不入香用其雄樹雖花不實采花釀之以成香出崑崙及交州愛州以南

李珣曰丁香生東海及崑崙國二月三月花開紫白色至七月始成實小者為丁香大者如巴豆為母丁香

馬志曰丁香生交廣南番按廣州圖云丁香樹高丈餘

木類桂葉似櫟花圓細黄色淩冬不凋其子出枝蕊上如釘長三四分紫色其中有粗大如山茱萸者俗呼為母丁香二八月採子及根一云盛冬生花子至次年春採之

雷斆曰丁香有雌雄雄者顆小雌者大如山茱萸名母丁香入藥最勝

李時珍曰雄為丁香雌為雞舌諸說甚明以上集本草

丁香一名丁子香以其形似丁子也雞舌丁香之大者

今所謂母丁香是也香錄

丁香諸論不一葢出東海崑崙者花紫白色七月結實產交廣南番者花黃色二八月採子及盛冬生花次年春採者葢地土氣候各有不同亦猶今之桃李閩越燕齊開候大異也愚謂即此中丁香花亦有紫白二色或即此種因地產非宜不能子大為香耳

辨雞舌香

沈存中筆談云予集靈苑方據陳藏器本草拾遺以雞

舌爲母丁香今考之尚未然雞舌即丁香也齊民要術言雞舌俗名丁子香日華子言丁香治口氣與含雞舌香奏事欲其芬芳之說相合及千金方五香湯用丁香無雞舌香最爲明驗開寶本草重出丁香謬矣今世以亂香中大如山茱萸者爲雞舌香略無氣味治疾殊乖

老學庵筆記云辨雞舌香爲丁香亹亹數百言竟是以意度之惟元魏賈思勰作齊民要術第五卷有合香澤法用雞舌香注云俗人以其似丁子故謂之丁子香此

最的確可引之證而存中反不及之以此知博洽之難也

存中辨雞舌已引齊民要術而老學庵云存中反不及之何也總之丁香雞舌本是一種何庸聚訟

含雞舌香

尚書郎含雞舌香伏奏事黃門郎對揖跪受故稱尚書郎懷香握蘭漢官儀

尚書郎給青縑白綾被或以錦被含香漢官典職

桓帝時侍中刁存年老口臭上出雞舌香與含之雞舌頗小辛螫不敢咀咽嫌有過賜毒藥歸舍辭訣家人哀泣莫知其故僚友求舐其藥出口甚香咸嗤笑之

嚼雞舌香

飲酒者嚼雞舌香則量廣浸半天回而不醒酒中元

奉雞舌香

魏武與諸葛亮書云今奉雞舌香五斤以表微意五色線

雞舌香木刀靶

張受益所藏篦刀其靶黑如烏木乃西域雞舌香木也

雲烟過眼録

丁香末

聖壽堂石虎造垂玉珮八百大小鏡二萬枚丁香末為泥油瓦四面垂金鈴一萬枚去鄴三十里羊頭山記

安息香考證六則

安息香梵書謂之拙貝羅香

西域傳安息國去雒陽二萬五千里北至康居其香乃

樹皮膠燒之通神明辟衆惡漢書

安息香樹出波斯國波斯呼為辟邪樹長二三丈皮色黄黑葉有四角經冬不凋二月開花黄色花心微碧不結實刻其樹皮其膠如飴名安息香六七月堅凝乃取之酉陽雜俎

安息出西域樹形類松柏脂黄黑色為塊新者柔韌本草

三佛齊國安息香樹脂其形色類核桃瓤不宜於燒而能發衆香人取以和香一統志

安息香樹如苦楝大而直葉類羊桃而長中心有脂作香同上

辨真安息香

焚時以厚紙覆其上烟透出者是否則偽也

燒安息香呪水

襄國城塹水源暴竭西域佛圖澄坐繩牀燒安息香呪願數百言如此三日水泫然微流高僧傳

燒安息香聚鼠

真安息焚之能聚鼠其烟白色如縷直上不散本草

篤耨香

篤耨香出真臘國樹之脂也樹如松形又云類杉檜香藏於皮其香老則溢出色白而透明者名白篤耨盛夏不融香氣清遠土人取後夏月以火炙樹令脂液再溢至冬乃凝復收之其香夏融冬結以瓠瓢盛置陰凉處乃得不融雜以樹皮者則色黑名黑篤耨一說盛以瓢碎瓢而爇之亦香名篤耨瓢香香錄

瓢香

三佛齊國以瓠瓢盛薔薇水至中國碎其瓢而爇之與篤耨瓢略同又名乾葫蘆片以之蒸香最妙瑣碎錄

詹糖香

詹糖香出晉安岑州及交廣以南樹似橘煎枝葉為香似糖而黑如今之沙糖多以其皮及蠹糞雜之難得純正者惟軟乃佳其花亦香如茉莉花氣本草

⿰香甫齊香

䅶齊香出波斯國佛林呼為頂勃梨咃長一丈圍一尺許皮青色薄而極光淨葉似阿魏每三葉生於條端無花實西域人常八月伐之至臘月更抽新條極滋茂若不剪除反枯死七月斷其枝有黄汁其狀如蜜微有香氣入藥療百病酉陽雜俎

麻樹香

麻樹生斯調國其質肥潤其澤如脂膏馨香馥郁可以熬香美於中國之油也

羅斛香

暹羅國產羅斛香味極清遠亞於沉香

鬱金香 考證八則

鬱金香金光明經謂之茶矩麼香又名紫述香紅藍花草麝香草馨香可佩宮嬪每服之於褵袵 本草

許慎說文云鬱芳草也十葉為貫百二十貫築以煑之為鬯一曰鬱鬯百草之英合而釀酒以降神乃遠方鬱人所貢故謂之鬱今之鬱林郡也 同上

鬱金生大秦國二月三月有花狀如紅藍四月五月採花即香也魏略

鄭玄云鬱草似蘭

鬱金香出罽賓國人種之先以供佛數日萎然後取之色正黃與芙蓉花裏嫩蓮者相似可以香酒楊孚南州異物志

唐太宗時伽毘國獻鬱金香葉似麥門冬九月花開狀如芙蓉其色紫碧香聞數十步花而不實欲種者取根

賽瑪爾堪西域中大國也產鬱金香色黃似芙蓉花方輿

勝略

柳州羅城縣出鬱金香一統志

伽毘國所獻葉象花色與時迴異彼間關致貢定以
珍異之品亦以名鬱金乎

鬱金香手印

天竺國婆陀婆恨王有宿願每年所賦細緤並重疊積
之手染鬱金香柘於緤上千萬重手印即透丈夫衣之
手印當背婦人衣之手印當乳酉陽雜俎

香乘卷二

香乘卷三

明　周嘉胄　撰

香品 隨品附事實

龍腦香 考證十則

龍腦香即片腦金光明經名羯婆羅香膏名婆律香本草

西方秣羅矩吒國在南印度境有羯婆羅香樹松身異葉花果斯别初採既濕尚未有香木乾之後循理而析

其中有香狀如雲母色如冰雪此所謂龍腦香也大唐西域記

咸陽山有神農鞭藥處山上紫陽觀有千年龍腦葉圓而背白無花實者在樹心中斷其樹膏流出作坎以承之清香為諸香之祖

龍腦香樹出婆利國婆利呼為固不婆律亦出波斯國樹高八九丈大可六七圍葉圓而背白無花實其樹有肥有瘦瘦者有婆律膏香亦曰瘦者出龍腦香肥者出

婆律膏也在木心中斷其樹劈取之膏於樹端流出斫樹作坎而承之（酉陽雜俎）

渤泥三佛齊國龍腦香乃深山窮谷中千年老杉樹枝幹不損者若損動則氣泄無腦矣其土人解為板板傍裂縫腦出縫中劈而取之大者成斤謂之梅花腦其次謂之速腦腦之中又有金脚其碎者謂之米腦鋸下杉屑與碎腦相雜者謂之蒼腦取腦已淨其杉板謂之腦木札與鋸屑同擣碎和置磁盆中以笠覆之封其縫熱

灰煨逼其氣飛上凝結而成塊謂之熟腦可作面花耳環佩帶等用又有一種如油者謂之油腦其氣勁於腦可浸諸香香譜

乾脂為香清脂為膏子主內外障眼又有蒼龍腦不可點眼經火為熟龍腦續博物志

龍腦是樹根中乾脂婆律香是根下清脂出婆律國因以為名也又曰龍腦及膏香樹形似杉木腦形似白松脂作杉木氣明淨者善久經風日或如鳥遺者不佳或

云子似荳蔻皮有錯甲即松脂也今江南有杉木末經
試或入土無脂猶甘蕉之無實也本草
龍腦是西海婆律國婆律樹中脂也狀如白膠香其龍
腦油本出佛誓國從樹取之同上
片腦產暹羅諸國惟佛打泥者為上其樹高大葉如槐
而小皮理類沙柳腦則其皮間凝液也多生窮谷島人
以鋸付銃就谷中寸斷而出剥而采之有大如指厚如
二青錢者香味清烈瑩潔可愛謂之梅花片鬻至中國

擅翔價馬復有數種亦堪入藥乃其次者同上

渤泥片腦樹如杉檜取之者必齋沐而往其成冰似梅花者為上其次有金脚腦速腦米腦蒼腦札聚腦又一種如油名油腦一統志

有人下洋遭溺附一蓬席不死三晝夜泊一島間乃匍匐而登得木上大巢如梨而芋味食之一二日頗覺有力夜宿大樹下聞樹根有物沿衣而上其聲瓏瓏可聽至顛而止五更復自樹顛而下不知何物乃以手捫之

驚而逸去嗅其掌香甚以為必香物也乃俟其升樹解衣鋪地至明遂不能去凡得片腦斗許自是每夜收之約十餘石乃日坐水次望見海艎過大呼求救遂賫片腦以歸分與舟人十之一猶成巨富廣豔異編

藏龍腦香

龍腦香合糯米炭相思子貯之則不耗或言以雞毛相思子同入小瓷罐密收之佳相感志言杉木炭養之更良不耗也

相思子與龍腦相宜

相思子有蔓生者與龍腦香相宜能令香不耗韓朋拱木也搜神記

龍腦香御龍

羅子春欲為梁武帝入海取珠杰公曰汝有西海龍腦香否曰無公曰奈之何御龍帝曰事不諧矣公曰西海大船求龍腦香可得梁四公記

獻龍腦香

烏茶國獻唐太宗龍腦香方輿勝略

龍腦香藉地

唐宮中每欲行幸即先以龍腦鬱金塗其地

賜龍腦香

唐玄宗夜宴以琉璃器盛龍腦香賜羣臣馮謐曰臣請效陳平為宰自丞相以下皆跪受尚餘其半乃捧拜曰敕賜錄事馮謐玄宗笑許之

瑞龍腦香

天寶末交阯國貢龍腦如蟬蠶形波斯言乃老龍腦樹節方有禁中呼為瑞龍腦上惟賜貴妃十枚香氣徹十餘步上夏日嘗與親王奕碁令賀懷智獨彈琵琶貴妃立于局前觀之上數枰上子將輸貴妃放康國猧子於座側猧上局局子亂上大悦時風吹貴妃領巾於賀懷智巾上良久回身方落懷智歸覺滿身香氣非常乃卸幞頭貯於錦囊中及上皇復宮闕追思貴妃不已懷智乃進所貯幞頭具奏前事上皇發囊泣曰此瑞龍腦香

也酉陽雜俎

遺安祿山龍腦香

貴妃以上賜龍腦香私發明駝使遺安祿山三枚餘歸壽邸楊國忠聞之入宮語妃曰貴人妹得佳香何獨吝一韓司掾也妃曰兄若得相勝此十倍楊妃外傳

瑞龍腦棊子

開元中貴家以紫檀心瑞龍腦為棊子棊談

食龍腦香

寶歷二年浙東國貢二舞女冬不纊衣夏不汗體所食荔枝榧實金屑龍腦香之類宮中語曰寶帳香重重一雙紅芙蓉 杜陽雜編

翠尾聚龍腦香

孔雀毛著龍腦香則相綴禁中以翠尾作帚每幸諸閣擲龍腦香以避穢過則以翠尾帚掃之皆聚無有遺者亦若磁石引鍼琥珀拾芥物類相感然也 墨莊漫錄

梓樹化龍腦

熙寧九年英州雷震一山梓樹盡枯中皆化為龍腦香宋史

龍腦漿

南唐保大中貢龍腦漿云以縑囊貯龍腦懸於琉璃瓶中少頃滴瀝成冰香氣馥烈大補益元氣江南異聞錄

大食國進龍腦

南唐大食國進龍腦油上所秘惜耿先生見之曰此非佳者當為大家致之乃縫夾絹囊貯白龍腦一斤垂於

楝上以胡瓶盛之有項如注上駭嘆不已命酒沉之味
適於大食國進者續博物志

焚龍腦香十斤

孫承祐吳越王妃之兄貴近用事王嘗以大片生龍腦
香十斤賜承祐承祐對使者索大銀爐作一叢焚之曰
聊以祝王壽及歸朝為節度使俸入有節無復向日之
豪侈然卧内每夕燃燭二炬焚龍腦二兩樂善録

龍腦小兒

以龍腦為佛像者有矣未見著色者也汴都龍興寺僧惠乘寶一龍腦小兒雕裝巧妙彩繪可人清異録

松窗龍腦香

李華燒三城絶品炭以龍腦裹芋魁煨之擊爐曰芋魁遭遇矣三賢典語

龍腦香與茶宜

龍腦其清香為百花之先於茶亦相宜多則掩茶氣味萬物中香無出其右者續博物志

焚龍腦歸錢

青蚨一名錢精取母殺血塗錢繩入龍腦香少許置櫝中焚一爐禱之其錢并歸於繩上搜神記

麝香 考證九則

麝香一名香麞一名麝父梵書謂之莫訶婆伽香

麝生中臺山谷及益州雍州山中春分取香生者益良

陶弘景云麝形似麞而小黑色常食栢葉又噉蛇其香正在陰莖前皮內别有膜袋裹之五月得香往往有蛇

皮骨令人以蛇蜕皮裹香云彌香是相使也麝夏月食蛇蟲多至寒則香滿入春臍内急痛則以爪剔出著屎溺中覆之常在一處不移曾有遇得乃至一斗五升者此香絶勝殺取者昔人云是精溺凝結殊不爾也今出西羌者多真好出隋郡義陽晉溪諸蠻中者亞之出益州者形扁仍以皮膜裹之多偽凡真香一子分作三四子刮取血膜雜餘物裹以四足膝皮而貨之貨者又複偽之彼人言但破看一片毛共在裹中者為勝今惟得

真者看取必當全真耳本草

蘇頌曰今陝西益州河東諸路山中皆有而秦中文州諸蠻中尤多蘄州光州或時亦有其香絶小一子纔若彈丸往往是真盖彼人不甚作偽耳同上

香有三種第一生者名遺香乃麝自剔出者其香聚處遠近草木皆焦黄此極難得今人帶真香過園中瓜菓皆不實此其驗也其次臍香乃捕得殺取者又其次為心結香麝被大獸捕逐驚畏失心狂走山巔墜崖谷而

斃人有得之破心見血流出作塊者是也此香乾燥不堪用同上

嵇康云麝食柏故香

梨香有二色番香蠻香又雜以梨人撰作官市動至數十計何以塞科取之責所謂真有三說麝群行山中自然有麝氣不見其形為真香入春以脚剔入水泥中藏之不使人見為真香殺之取其臍一麝一臍為真香此余所目擊也香譜

商汝山中多麝遺糞常在一處不移人以是獲之其性絶愛其臍為人逐急即投巖舉爪剔裂其香就縶而死猶拱四足保其臍李商隱詩云投巖麝褪香談苑

麝居山麞居澤以此為別麝出西北者香結實出東南者謂之土麝亦可入藥而力次之南中靈貓囊其氣如麝人以雜之本草

麝香不可近鼻有白蟲入腦患癩久帶其香透關令人成異疾同上

水麝香

天寶初漁人獲水麝詔使養之臍下惟水滴瀝於斗中水用灑衣衣至敗香不歇每取以鍼刺之捘以真雄黃香氣倍於肉麝續博物志

土麝香

自邕州溪洞來者名土麝香氣燥烈不及他產桂海虞衡志

麝香種瓜

嘗因會客食瓜言瓜最惡麝香坐有延祖曰是大不然

吾家以麝香種瓜為鄰里冠但人不知制伏之術耳求麝二錢許懷去後旬日以藥末攪麝見送每種瓜一窠根下用藥一捻既結瓜破之麝氣撲鼻次年種其子名之曰土麝香然不知藥麝香耳清異録

瓜忌麝

瓜惡香香中尤忌麝鄭注太和初赴職河中姬妾百餘騎香氣數里逆於人鼻是歲自京至河中所過路瓜盡死一蒂不獲酉陽雜俎

廣明中巢冦犯闕僖宗幸蜀關中道旁之瓜悉萎蓋宫嬪多帶麝香所熏遂皆萎落耳負暄雜録

夢索麝香丸

桓晢居豫章時梅玄龍為太守夢就玄龍索麝香丸續搜神記

麝絶惡夢

佩麝非但香辟惡以真香一子置枕中可絶惡夢本草

麝香塞鼻

錢方義如厠見怪怪曰某以陰氣侵陽貴人雖福力正强不成疾病亦當少有不安宜急服生犀角生玳瑁麝香塞鼻則無害方義如其言果善續玄怪録

麝遺香

走麝以遺香不捕是以聖人以約為記續韻府

麝香不足

黄山谷云所惠香非往時意態恐方不同或是香材不精乃婆律與麝香不足耳

麝橙

晉時有徐景於宣陽門外得一錦麝橙至家開視有蟲如蟬五色兩足各綴一五銖錢酉陽雜俎

麝香月

韓熙載留心翰墨四方膠煤多不合意延歙匠朱逢於書館製墨供用名麝香月又名玄中子清異錄

麝香墨

歐陽通每書其墨必古松之烟末以麝香方下筆李孝美墨

譜

以下曰木曰檀曰草皆以香似麝名之

麝香木

出占城國樹老而仆埋於土而腐外黑内黄赤者其氣類於麝故名焉其品之下者蓋緣伐生樹而取香故其氣劣而勁此香賓朣朧尤多南人以為器皿如花梨木類香録

麝香檀

麝香檀一名麝檀香葢西山樺根也爇之類煎香或云衡山亦有不及海南者（硝碎錄）

麝香草

麝香草一名紅蘭香一名金桂香一名紫述香出蒼梧鬱林二郡今吳中亦有麝香草似紅蘭而甚香最宜合香（述異記）

鬱金香亦名麝香草此以形似言之實自兩種魏畧云鬱金狀如紅蘭則非鬱金審矣而述異記又謂龜甲

香即桂香之善者

香乘卷三

香乘卷四

明 周嘉胄 撰

香品 隨品附事實

降眞香 考證八則

降眞香一名紫藤香一名雞骨與沉香同亦因其形有如雞骨者爲香名耳俗傳舶上來者爲番降

生南海山中及大秦國其香似蘇方木燒之初不甚香

得諸香和之則特美入藥以番降紫而潤者為良

廣東廣西雲南安南漢中施州永順保靖及占城暹羅渤泥琉球諸番皆有之已上集本草

降真生叢林中番人頗費砍斫之功乃樹心也其外白皮厚八九寸或五六寸焚之氣勁而遠真臘記

雞骨香即降真香本出海南今溪峒僻處所出者似是而非勁瘦不甚香溪蠻叢話

主天行時氣宅舍怪異並燒之有驗海藥本草

伴和諸香燒烟直上感引鶴降醮星辰燒此香妙為第一小兒佩之能辟邪氣度籙功德極驗降真之名以此

列仙傳

出三佛齊國者佳其氣勁而遠辟邪氣泉人每歲除家無貧富皆爇之如燔炭然在處有之皆不及三佛齊國者今有番降廣降土降之別

虞衡志

貢降真香

南巫里其地自蘇門答剌西風一日夜可至洪武初貢

降真香

蜜香 考證 九則

蜜香即木香一名沒香一名木蜜一名阿䰈一名多香

木皮可為紙

木蜜香蜜也樹形似槐而香伐之五六年乃取其香 法華經註

木蜜號千歲樹根本甚大伐之四五歲取不腐者為香 魏王花木志

没香樹出波斯國拂林國人呼為阿䰈樹長數丈皮青白色葉似槐而長花似橘而大子黑色大如山茱萸酸甜可食（酉陽雜俎）

肇慶新興縣出多香木俗名蜜香辟惡氣殺鬼精（廣州志）

木蜜其葉椿樹生千歲斫仆之歷四五歲乃往看已腐敗惟中節堅貞者是香（異物志）

蜜香生永昌山谷今惟廣州舶上有來者他無所出（本草）

蜜香生交州大樹節如沈香（交州志）

蜜香從外國舶上來葉似薯蕷而根大花紫色功效極多今以如雞骨堅實齧之粘齒者為上復有馬兜鈴根謂之青木香非此之謂也或云有二種亦恐非耳一謂之雲南根 本草

前沉香部交州稱沉香為蜜香交州志謂蜜香似沉香蓋木體俱香形復相似亦猶南北橘枳之别耳諸論不一幷採之以俟考訂有云蜜香生南海諸山中種之五六年得香此即廣人種香樹為利今書齋日

用黃熟生香又非彼類

蜜香紙

晉太康五年大秦國獻蜜香紙三萬幅帝以萬幅賜杜預令寫春秋釋例紙以蜜香樹皮葉作之微褐色有紋如魚子極香而堅韌水漬之不爛（晉書）

木香（考證四則）

木香草本也與前木香不同本名蜜香因其香氣如蜜也緣沉香類有蜜香遂訛此為木香耳昔人謂之青木

香後人因呼馬兜鈴根為青木香乃呼此為南木香廣木香以分別之（本草）

青木香出天竺是草根狀如甘草（南州異物志）

其香是蘆蔓根條左盤旋采得二十九日方硬如朽骨其有蘆頭丁蓋子色青者是木香神也（本草）

五香者即青木香也一株五根一莖五枝一枝五葉一葉間五節五五相對故名五香燒之能上徹九星之天也（三洞珠囊）

夢青木香療疾

崔萬安分符廣陵苦脾泄家人禱於后土祠是夕萬安夢一婦人珠珥珠履衣五重皆編貝珠為之謂萬安曰此疾可治今以一方相與可取青木香肉荳蔻等分棗肉為丸米飲下二十丸又云此藥太熱疾平即止如其言即愈稽神録

蘇合香考證十則

此香出蘇合國因以名之梵書謂之咄魯瑟劒

蘇合香出中臺山川谷

今從西域及崑崙來者紫赤色與紫真檀相似堅實極

芳香性重如石燒之灰白者好

廣州雖有蘇合香但類蘇木無香氣藥中只用如膏油

者極芳烈

大秦國人採得蘇合香先煎其汁以為香膏乃賣其滓

與諸國賈人是以展轉來達中國者不大香也然則廣

南貨者其經煎煮之餘乎今用如膏油者乃合治成香

耳已上集本草

中天竺國出蘇合香是諸香汁煎成非自然一物也

蘇合油出安南三佛齊諸番國樹生膏可為香以濃而無滓者為上

大秦國一名掣鞬以在海西亦名雲海西國地方數千里有四百餘城人俗有類中國故謂之大秦國人合香謂之香煎其汁為蘇合油其滓為蘇合油香西域傳

蘇合香油亦出大食國氣味類篤耨以濃淨無滓者為

上番人多以塗身而閩中病大風者亦傚之可合軟香及入藥用香録

今之蘇合香赤色如堅木又有蘇合油如黐膠人多用之而劉夢得傳信方言謂蘇合香多薄葉子如金色按之即少放之即起良久不定如蟲動氣烈者佳沈括筆談

香本一樹建論互殊其云類紫真檀是樹枝節如膏油者即樹脂膏蘇合香蘇合油一樹兩品又云諸香汁煎成乃僞為者如蘇木重如石嬰薁是山葡萄至

陶隱君云是獅子糞物理論云是獸便此大謬誤蘇
合油白色本草言獅糞極臭赤黑色又劉夢得言薄
葉如金色者或即蘇合香樹之葉抑番禺珍異不一
更品外之奇者乎

賜蘇合香酒

王文正太尉氣羸多病真宗面賜藥酒一瓶令空腹飲
之可以和氣血辟外邪文正飲之大覺安健因對稱謝
上曰此蘇合香酒也每一斗酒以蘇合香丸一兩同煮

極能調五臟却腹中諸病每冒寒夙興則飲一杯因各出數榼賜近臣自此臣庶之家皆效為之蘇合香丸因盛行於時彭乘墨客揮犀

市蘇合香

班固云竇侍中令載雜綵七百疋市月氐馬蘇合香一云令賫白素三百疋欲以市月氐馬蘇合香太平御覽

金銀香

金銀香中國皆不出其香如銀匠攪糖相似中有白蠟一般

白瑰在内高者白多低者白少焚之氣味甚美出舊港香譜

南極

南極香材也同上

金顏香考證三則

香類熏陸其色紫赤如凝漆沸起不甚香而有酸氣合沈檀焚之極清婉西域傳

香出大食及真臘國所謂三佛齊國出者葢自二國販去三佛齊而三佛齊乃販至中國焉其香乃樹之脂也

色黃而氣勁蓋能聚衆香今之爲龍涎軟香佩帶者多用之番人亦以和香而塗身

眞臘產金顏香黃白黑三色白者佳方輿勝略

貢金顏香千團

元至元間馬八兒國貢獻諸物有金顏香千團香乃樹脂有淡黃色者黑色者劈開雪白者爲佳解醒録

流黃香

流黃香似硫黃而香吳時外國傳云流黃香出都昆國

在扶南南三千里

流黄香出南海邊諸國今中國用者從西戎來南州異物志

亞濕香

亞濕香出占城國其香非自然乃土人以十種香搗和而成體濕而黑氣和而長爇之勝於他香香録

近有自日本來者貽余以香所謂體濕而黑氣和而長全無沉檀腦麝氣味或即此香云

顫風香

香乃占城香品中之至精好者蓋香樹交枝曲榦兩相戛磨積有歲月樹之清液菁英凝結成香伐而取之節油透者更佳潤澤頗類蜜漬最宜熏衣經數日香氣不歇今江西道臨江路清江鎮以此為香中之甲品價常倍於他香

迦闌香 一作迦藍水

香出迦闌國故名亦占香之類也或云生南海補陀巖蓋香中至寶價與金等

特遐香

特遐香出弱水西形如雀卵色頗淡白焚之辟邪去穢鬼魅避之五雜俎

阿勃參香

出拂林國皮色青白葉細兩兩相對花似蔓青正黄子如胡椒赤色研其脂汁極香又治癩本草

兜納香

廣志云生南海剽國魏略云出大秦國兜納香草類也

兜婁香

異物志云兜婁香出海邊國如都梁香亦合香用莖葉似水蘇

按此香與今之兜婁香不同

紅兜婁香

按此香即射檀香之别名也

艾納香

考證三則

出西國似細艾又有松樹皮上緑衣亦名艾納可以和

合諸香燒之能聚其烟青白不散而與此不同廣志

艾納出剽國此香燒之歛香氣能令不散烟直上似細艾也北户録

異物志云葉如栟櫚而小子似檳榔可食有云松上寄生草合香烟不散

所謂松上寄生即松上緑衣也葉如栟櫚者是

迷迭香

廣志云出西域魏略云出大秦國可佩服令人衣香燒

之拒鬼魏文帝時自西域移植庭中帝曰余植迷迭于中庭喜其揚條吐秀馥郁芬芳

藒車香

爾雅曰藒車芞輿香草也生海南山谷又出彭城高數尺黄葉白花楚詞云畦留夷與藒車則昔人常栽蒔之與今蘭草零陵相類也齊民要術云凡諸樹木蟲蛀者煎此香冷淋之即辟去

都梁香 考證三則

都梁香曰蘭草曰蕳曰水香曰香水蘭曰女蘭曰香草曰燕尾香曰大澤蘭曰蘭澤草曰煎澤草曰雀頭草曰孩兒菊曰千金草均别名也

都梁縣有山山下有水清淺其中生蘭草因名都梁香盛弘之荆州記

蕳蘭也詩方秉蕳兮爾雅翼云莖葉似澤蘭廣而長節節赤高四五尺漢諸池館及許昌宮中皆種之可著粉藏衣書中辟蠹魚今都梁香也稗雅廣要

都梁香蘭草也本草綱目引諸家辯證疊疊千百餘言一皆浮剽之論蓋蘭類有別古之所謂可佩可紉者是蘭草澤蘭也蘭草即今之孩兒菊澤蘭俗呼為奶孩兒又名香草其味更酷烈江淮間人夏月採嫩莖以香髮今之蘭者幽蘭花也蘭草蘭花自是兩類蘭草澤蘭又一異種蘭草葉光潤根小莖紫夏月採陰乾即都梁香也古今採用自殊其類各別何煩冗緒而鶺車艾納都梁俱小草每見重於標詠所謂氍毹

毾㲪五木香迷迭艾納及都梁是也

零陵香考證五則

薰草蔴葉而方莖赤花而黑實氣如蘼蕪可以止癘即

零陵香山海經

東方君子之國薰草朝朝生香博物志

零陵香曰薰草曰蕙草曰香草曰燕草曰黃零草皆別

名也生零陵山谷今湖南諸州皆有之多生下濕地常

以七月中旬開花至香古所謂薰草是也或云蕙草亦

此也又云其莖葉謂之蕙其根謂之薰三月採脫節者
良今嶺南收之皆作窑竈以火炭焙乾令黄色乃佳江
淮間亦有土生者作香亦可用但不及嶺南者芬薰耳
古方但用薰草而不用零陵香今合香家及面膏皆用
之（本草）
古者燒香草以降神故曰薰曰蕙薰者薰也蕙者和也
漢書云薰以香自燒是矣或云古人祓除以此草薰之
故謂之薰虞衡志言零陵即今之永州不出此香惟融

宜等州甚多土人以編席薦性煖宜人按零陵舊治在今全州全乃湘之源多生此香今人呼為廣零陵香者乃真薰草也若永州道州武岡州皆零陵屬地今鎮江丹陽皆蒔而刈之以酒灑製貨之芬香更烈謂之香草與蘭草同稱零陵香至枯乾猶香入藥絶妙用為浸油飾髮至佳同上

零陵香江湘生處香聞十步一統志

芳香考證四則

芳香即白芷也許慎云晉謂之䓞齊謂之茝楚謂之蘺又謂之葯又名莞葉名蒿麻生於下澤芬芳與蘭同德故騷人以蘭茝為詠而本草有芳香澤芬之名古人謂之香白芷云徐鍇云初生根幹為芷則白芷之義取乎此也

王安石云茝香可以養鼻又可養體故茝字從𦣞𦣞音怡𦣞養也

陶弘景曰今處處有之東南間甚多葉可合香道家以

此香浴去尸蟲

蘇頌云所在有之吴地尤多根長尺餘粗細不等白色枝榦去地五寸以上春生葉相對婆娑紫色濶三指許花白微黄入伏後結子立秋後苗枯二八月採曝以黄澤者為佳（已上集本草）

蜘蛛香

出蜀西茂州松潘山中草根也黑色有粗鬚狀如蜘蛛故名氣味芳香彼土亦重之（本草）

甘松香　考證四則

金光明經謂之苦彌哆香

出姑臧涼州諸山細葉引蔓藂生可合諸香及裛衣

今黔蜀州郡及遼州亦有之叢生山野葉細如茅草根極繁密八月作湯浴令人身香

甘松芳香能開脾鬱產於川西松州其味甘故名　已上集本草

藿香　考證六則

法華經謂之多摩羅跋香楞嚴經謂之兜婁婆香金光明經謂之鉢怛羅香涅槃經謂之迦箅香

藿香出海遼國形如都梁可着衣服中（南州異物志）

藿香出交阯九真武平興古諸國民自種之榛生五六月採日曬乾乃芬香（南方草木狀）

吳時外國傳曰都昆在扶南南三千餘里出藿香

劉欣期言藿香似蘇合謂其香味相似也

頓遜國出藿香插枝便生葉如都梁以裛衣國有區撥

等花十餘種冬夏不衰日載數十車貨之其花爍更芬
馥亦末為粉以傅身焉

芸香

說文云芸香草也似苜蓿爾雅翼云仲春之月芸始生
禮圖云葉似雅蒿又謂之芸蒿香美可食淮南說芸草
死可復生採之著於衣書可辟蠹老子云芸芸各歸其
根者蓋物衆多之謂沈括云芸類豌豆作䕺生其葉極
芳香秋復生葉間微白如粉鄭玄曰芸香草世人種之

中庭（本草）

宮殿植芸香

漢種之蘭臺石室藏書之府（典略）

顯陽殿前芸香一株徽音殿前芸香二株含英殿前芸香二株（洛陽宮殿簿）

太極殿前芸香四畦式乾殿前芸香八畦（晉宮殿名）

芸香室

祖欽仁檢校祕書郎持三年筆終入芸香之室（陳子昂集）

芸香去蝨

採芸香葉置席下能去蚤蝨子續博物志

殿前植芸香一株二株疑是木本又云殿前芸香四畦八畦則又草本豈草木本俱有此香名也今香藥所用芸香如楓脂乳香之類即其木本膏液為香者

櫰香

江淮湖嶺山中有之木大者近丈許小者多被樵採葉青而長有鋸齒狀如小薊葉而香對節生其根狀如枸

杞根而大煨之甚香本草

藱香

藱香即杜蘅香人衣體生山谷葉似葵形如馬蹄俗名馬蹄香藥中少用陶隱居云惟道家服之令人身衣香

稽康卞敬俱有藱香讚

右二香音同而本有草木之殊

香茸

考證三則

汀州地多香茸閩人呼為香蕕客曰孰是余曰左傳言

一薰一蕕十年尚有臭杜預曰蕕臭草也漢書薰以香自燒顏籀曰薰香草也左氏以薰對蕕是不得為香草今香茸自甲拆至花時投殽俎中馥然謂之臭草可乎按本草香薷名香葇注云家家有之主霍亂今醫家用香茸正療此疾味亦辛但淮南為香茸閩中呼為香蕕者非當以本草為是容曰信然孫氏談圃

香茸又呼為薷香菜蜜蜂草其氣香其葉柔故又名香葇

香藁香葉一物也但隨所生而名爾生平地者葉大生巖石者葉細可通用之本草

茅香 考證二則

茅香花苗葉可煮作浴湯辟邪氣令人身香生劒南道諸州其莖葉黑褐色花白即非白茅香也根如茅但明潔而長用同藁本尤佳仍入印香中合香附子用本草

茅香凡有二此是一種茅香也其白茅香别是南番一種香草同上

香茅南擲

諶姆取香茅一根南望擲之謂許真君曰子歸茅落處立吾祠仙佛奇蹤

白茅香

白茅香生廣南山谷及安南如茅根亦今排草之類非近代之白茅及北土茅香花也道家用作浴湯合諸名香甚奇妙尤勝舶上來者本草

排草香

排草出交阯今嶺南亦或蒔之草根也白色狀如細柳根人多僞雜之淮海志云排草香狀如白茅香芬烈如麝人亦用之合香諸香無及之者本草

瓶香

生南海山谷草之狀也本草

耕香

耕香莖生細葉出烏滸國本草

茅香白茅香排草香瓶香耕香當是一類

雀頭香

雀頭香即香附子葉莖都作三稜根若附子周匝多毛生下濕地故有水三稜水巴戟之名出交州者最勝大如棗核近道者如杏仁許荊湘人謂之莎草根和香用之（本草）

玄臺香

陶隱居云近道有之根黑而香道家用以合香

荔枝香

取其殼合香最清馥香譜

孩兒香

一名孩兒土一名孩兒泥一名烏爹泥按此香乃烏爹國薔薇樹下土也本國人呼曰海兒訛傳為孩兒蓋薔薇開花時雨露滋沐香滴於土凝結如菱角塊者佳

槀本香

槀本香古人用之和香故名本草

香乘卷四

欽定四庫全書

香乘卷五

明 周嘉胄 撰

香品 隨品附事實

龍涎香 考證九則

龍涎嶼望之獨峙南巫里洋之中離蘇門答剌西去一晝夜程此嶼浮灩海面波激雲騰每至春間羣龍來集於上交戲而遺涎沫番人拏駕獨木舟登此嶼採取而

歸或風波則人俱下海一手附舟旁一手揖水而得至岸其龍涎初若脂膠黑黃色頗有魚腥氣久則成大塊或大魚腹中剌出若斗大亦覺魚腥和香焚之可愛貨於蘇門答剌之市官秤一兩用彼國金錢十二個一斤該金錢一百九十二個准中國錢九千個價亦匪輕矣星槎勝覽

錫蘭山國卜剌哇國竹步國木骨都束國剌撒國佐法兒國忽魯謨斯國溜山洋國俱產龍涎香同上

諸香中龍涎最貴重廣州市值每兩不下百千次等亦五六十千係番中禁榷之物出大食國近海旁常有雲氣罩住山間即知有龍睡其下或半年或二三年土人更相守候視雲氣散則知龍已去矣往觀之必得龍涎或五七兩或十餘兩視所守之人多寡均給之或不平更相仇殺或云龍多蟠於洋中大石龍時吐涎亦有魚聚而潛食之土人惟見没處取焉稗史彙編

大洋海中有渦旋處龍在下湧出其涎為太陽所爍則

成片為風飄至岸人則取之納於官府同上

香白者如白藥煎而膩理極細黑者亞之如五靈脂而光澤其氣近於燥似浮石而輕香本無損益但能聚烟耳和香而用真龍涎焚之則翠烟浮空結而不散坐客可用一剪以分烟縷所以然者乃蜃氣樓臺之餘烈也同上

龍出没於海上吐出涎沫有三品一曰泛水二曰滲沙三曰魚食泛水輕浮水面善水者伺龍出没隨而取之

滲沙乃被波浪漂泊洲嶼凝積多年風雨浸淫氣味盡滲於沙土中魚食乃因龍吐涎魚競食之復作糞散於沙磧其氣雖有腥燥而香尚存惟泛水者入香最妙同上

泉廣合香人云龍涎入香能收斂腦麝氣雖經數十年香味仍存同上

所謂龍涎出大食國西海多龍枕石而卧涎沫浮水積而能堅鮫人採之以為至寶新者色白稍久則紫甚久則黑嶺外雜記

嶺南人有云非龍涎也乃雌雄交合其精液浮水上結
而成之

龍涎自番舶轉入中國炎經職方初不著其用彼賈
胡殊自珍秘價以香品高下分低昂向南粵友人貽
余少許珍比木難狀如沙塊厥色青黎厥香鱗腥和
香焚之乃交醞其妙裊烟蜒蜿擁閉緹室經時不散
旁置盂水烟徑投撲其内斯神龍之靈涎沫之遺猶
徵異乃爾

古龍涎香

宋奉宸庫得龍涎香二琉璃缶玻瓈母二大篚玻瓈母者若今之鐵滓然塊大小猶兒拳人莫知其用又歲久無籍且不知其所從來或云柴世宗顯德間大食國所貢又謂真廟朝物也玻瓈母諸璫以意用火煆而融瀉之但能作珂子狀青紅黃白隨其色而不克自必也香則多分錫大臣近侍其模製甚大而外視不甚佳每以一豆大爇之輒作異花香氣芬郁滿座終日略不歇於

是太上大奇之命籍被賜者隨數多寡復收取以歸禁中因號古龍涎為貴也諸大璫爭取一餅可直百緡金玉為穴而以青絲貫之佩於頸時於衣領間摩挲以相示繇此遂作佩香馬今佩香蓋因古龍涎始也鐵圍山叢談

龍涎香燭

宋代宮燭以龍涎香貫其中而以紅羅纏炷燒燭則灰飛而香散又有令香烟成五綵樓閣龍鳳文者香錄

龍涎香惡濕

琴墨龍涎香樂器皆惡濕常近人氣則不蒸山居四要

廣購龍涎香

成化嘉靖間僧繼曉陶仲文等競奏方伎廣購龍涎香香價騰溢以遠物之尤供尚方之媚

進龍涎香

嘉靖四十二年廣東進龍涎香計七十二兩有奇嘉靖聞見錄

甲香考證二則

甲香蠡類大者如甌面前一邊直攙長數寸圍殼岨峿有刺其掩雜香燒之便益芳獨燒則味不佳一名流螺諸螺之中流最厚味是也生雲南者大如掌青黄色長四五寸取靨燒灰用之南人亦煮其肉噉今各香多用謂能發香復聚香烟須酒蜜煮製去腥及涎方可用法見後本草

甲香惟廣東来者佳河中府者惟闊寸許嘉州亦有如錢樣大於木上磨令熱即投醱酒中自然相趂是也若

合香偶無甲香則以鱟殼代之其勢力與甲香均尾尤好

酴醾香露 即薔薇露

酴醾海國所產為勝出大西洋國者花如中州之牡丹蠻中遇天氣淒寒零露凝結著地草木乃冰澌水稼殊無香韻惟酴醾花上瓊瑤晶瑩芬芳襲人若甘露焉夷女以澤體髮膩香經月不滅國人貯以鉛瓶行販他國暹羅尤特愛重競買略不論值隨舶至廣價亦騰貴大

抵用資香奩之飾耳五代時與猛火油俱充貢謂薔薇水云香錄

西域薔薇花氣馨烈非常故大食國薔薇水雖貯琉璃瓶中蠟蜜封固其外猶香透徹聞數十餘步著人衣袂經數十日香氣不散外國造香則不能得薔薇第取素馨茉莉花為之亦足襲人鼻觀但視大食國真薔薇水猶奴婢耳稗史彚編

薔薇水即薔薇花上露花與中國薔薇不同土人多取

其花浸水以代露故偽者多以琉璃瓶試之翻摇數四其泡周上下者真三佛齊出者佳（一統志）

番商云薔薇露一名大食水本土人每曉起以爪甲於花上取露一滴置耳輪中則口眼耳鼻皆有香氣終日不散

貢薔薇露

五代時番將蒲訶散以薔薇露五十瓶效貢厥後罕有至者今則採茉莉花蒸取其液以代之

後周顯德五年昆明國獻薔薇水十五瓶云得自西域以之灑衣衣敝而香不滅二者㦯即一事

飲薔薇香露

榜葛剌國不飲酒恐亂性以薔薇露和香蜜水飲之星槎勝覽

野悉蜜香

出拂林國亦出波斯國苗長七八尺葉似梅葉四時敷榮其花五出白色不結實花開時徧野皆香與嶺南詹

糖相類西域人常採其花壓以為油甚香滑唐人以此和香髣髴薔薇水云

橄欖香 考證二則

橄欖香出廣海之北橄欖木之節因結成狀如膠飴而清烈無俗旖旎氣烟清味嚴宛有真馥生香惟此品如素馨茉莉橘柚 稗史彙編

橄欖木脂也狀如黑膠飴江東人取黃連木及楓木脂以為橄欖香蓋其類也出於橄欖故獨有清烈出塵之

氣品格在黃連楓香之上桂林東江有此果居人采香賣之不能多得以純脂不雜木皮者為佳（虞衡志）

欖子香

出占城國蓋占城香樹為蟲蛇鏤香之英華結于木心蟲所不能蝕者形如橄欖核故名焉（本草）

思勞香

出日南如乳香瀝青黃褐色氣如楓香交阯人用以合和諸香（桂海虞衡志）

薰華香

按此香蓋海南降真劈作薄片用大食薔薇水漬透於甑内蒸乾漫火爇之最為清絶樟鎭所售尤佳

紫茸香

此香亦出於沉速之中至薄而膩理色正紫黑焚之雖數十步猶聞其香或云沈之至精者近時有得此香回禱祀爇於山上而山下數里皆聞其芬溢

珠子散香

滴乳香中至瑩淨者

膽八香

膽八香樹生交阯南番諸國樹如稚木穪葉鮮紅色類霜楓其實壓油和諸香爇之辟惡氣

白膠香 考證五則

白膠香一名楓香脂金光明經謂其香為須薩析羅婆香

楓香樹似白楊葉圓而岐分有脂而香子大如鴨卵二

月花發乃結實八九月熟曝乾可燒南中異物志

楓實惟九真有之用之有神乃難得之物其脂為白膠香南方草木狀

楓香樹有脂而香者謂之香楓其脂名楓香

楓香松脂皆可亂乳香但楓香微白黃色燒之可見真偽其功雖次于乳香而亦可髣髴

⿰飠乞⿰飠達香

江南山谷間有一種奇木曰麝香樹其老根焚之亦清

烈號餽饁香清異錄

排香

安南志云好事者種之五六年便有香也按此香亦占香之大片者又謂之壽香蓋獻壽者多用之香譜

烏里香

出占城地名烏里土人伐其樹劈之以爲香以火焙乾令香脂見於外以輸販夫商人刳其木而出其香故品次于他香同上

豆蔻香

豆蔻樹大如李二月花仍連著實子相纍纍其核根芬芳成殼七八月熟曝乾剝食核味辛香南方草木狀

豆蔻生交阯其根似薑而大核如石榴辛且香異物志

薰衣豆蔻香霍小玉故事余按豆蔻非焚爇香具其核其根味辛烈止可用以和香而小玉以之熏衣應是别有香劑如豆蔻狀者名之耳亦猶雞舌馬蹄之謂至如都梁鬱金本非名香直一小草而操觚者每

籍以敷藻資華固跡典名雅遞相祖述不復證非究是也

奇藍香考證四則

占城奇南出在一山酋長禁民不得採取犯者斷其手彼亦自貴重烏木降香樵之為薪星槎勝覽

賓童龍國亦產奇南香同上

奇南香品雜出海上諸山蓋香木枝柯竅露者木立死而本存者氣性皆溫故為大蟻所穴蟻食蜜歸而遺漬

於香中歲久漸浸木受蜜香結而堅潤則香成矣其香本未死蜜氣未老者謂之生結上也木死本存蜜氣凝於枯根潤若餳片謂之糖結次也其稱虎皮結金絲結者歲月既淺木蜜之氣尚未融化木性多而香味少斯為下耳有以制帶銙率多湊合頗若天成純全者難得

香譜

奇南香降真香為木黑潤奇南香所出產天下皆無其價甚高出占城國同上

奇藍香上古無聞近入中國故命字有作奇南茄藍伽南奇南棋𪉖等不一而用皆無的據其香有緑結糖結蜜結生結金絲結虎皮結大略以黒綠色用指掐有油出柔靭者為最佩之能提氣令不思溺真者價倍黄金然絶不可得倘佩少許纔一登座滿堂馥郁佩者去後香猶不散令世所有皆彼酋長禁山之外庢者如廣東端溪研舉世給用未嘗非端價等常石然必宋坑下巖水底如蘇文忠所謂千夫挽綆百夫

運斤之所出者乃為真端溪可寶也奇南亦然

倘得真奇藍香者必須慎護如作扇墜念珠等用遇

燥風黴濕時不可出出數日便藏防耗香氣藏法用

錫匣內實以本體香末匣外再套一匣置少蜜以蜜

滋末以末養香香匣方則蜜匣圓蜜匣圓則香匣方

香匣不用蓋蜜匣以蓋總之斯得藏香三昧矣

奇南見水則香氣盡散俗用熱水蒸香大誤謬也

唵叭香

唵叭香出唵叭國色黑有紅潤者至佳爇之不甚香而

氣味可取用和諸香又能辟邪魅以軟淨色明者為上

唵叭香辟邪

燕都有空房一處中有鬼怪無敢居者有人偶宿其中

焚唵叭香夜聞有聲云是誰焚此香令我等頭痛不可

居後怪遂絶五雜俎

國朝貢唵叭香

西番與蜀相通貢道必由錦城有三年一至者有一年

一至者其貢諸物有唵叭香益部談資

唵叭香前亦未聞五雜俎益部談資二書近出

撒馩蘭

撒馩蘭出西方如廣東蘭子香味清淑和香最勝吳恭順壽字香餅惟增此品遂為諸香之冠

乾島香

出滇中樹類榆取根皮研末作印香味極清遠幽窗靜夜每一聞之令興出塵之想

香乘卷五

欽定四庫全書

香乘卷六

明　周嘉胄　撰

佛藏諸香

象藏香　考證二則

南方有鬻香長者善别諸香能知一切香王所出之處有香名曰象藏因龍鬬生若燒一丸即起大香雲衆生齅者諸病不相侵害　華嚴經

又云若燒一丸興大光明細雲覆上味如甘露七晝夜降其甘雨 釋氏會要

無勝香

海中有無勝香若以塗鼓及諸螺貝其聲發時一切敵軍皆自退散 華嚴經

淨莊嚴香

善法天中有香名淨莊嚴若燒一圓普使諸天心念於佛 華嚴經

牛頭旃檀香

從離垢出若以塗身火不能燒華嚴經

兜婁婆香

壇前别安一小爐以此香煎取香水沐浴其炭然令猛熾楞嚴經

香嚴童子

香嚴童子白佛言我諸比丘燒水沉香香氣寂然來入鼻中我觀此氣非空非木非烟非火去無所着來無所

從由是意銷發明無漏如來印我得香嚴號塵氣倏滅妙香密圓我從香嚴得阿羅漢佛問圓通如我所證香嚴為上（楞嚴經）

燒沉水

純燒沉水無令見火（楞嚴經）

三種香

三種香所謂根香花香子香此三種香徧一切處有風而聞無風亦聞（戒香經）

世有三香

世有三香一曰根香二曰枝香三曰華香是三品香惟隨風香不能逆風寧有雅香隨風逆風者乎（戒德香經）

旃檀香樹

神言樹名旃檀根莖枝葉治人百病其香遠聞世之奇異人所貪求不須道也（旃檀樹經）

旃檀香身

爾時世尊告阿難言有陀羅尼名旃檀香身（陀羅尼經）

持香詣佛

於時難頭和難龍王各捨本居皆持澤香旃檀雜香往詣佛所至新歲塲歸命於佛及與聖衆稽首足下以旃檀雜香供養佛及比丘僧新歲經

傳香罪福響應

佛言乃昔摩呵文佛時普達王為大姓家子其父供養三尊父命子傳香時有一侍使意中輕之不與其香罪福響應故獲其殃雖暫為驅使奉法不忘今得為王與

領人民當知是趣其所施設慎勿不平道人本是侍使時不得香雖不得香其意無恨即誓言若我得道當度此人福願果合令來度王并及人民（普達五經）

多伽羅香

多伽羅香此云根香多摩羅跋香此云藿香旃檀釋云與樂即白檀也能治熱病赤檀能治風腫（釋氏會要）

法華諸香

須曼那華香　闍提華香　波羅羅華香　青赤白蓮

華香　華樹香　果樹香　旃檀香　沉水香　多摩
羅跋香　多伽羅香　拘鞞陀羅樹香　曼陀羅華香
　殊沙華香　曼殊沙華香
　　殊特妙香
淨飯王令蜜多羅傳太子書太子郎初就學將最妙
牛頭旃檀作手板純用七寶莊嚴四緣以諸天種種殊特
妙香塗其背上
　　石上餘香

帝釋梵王摩牛頭旃檀塗飾佛身石上餘香于今郁烈大唐西域記

香灌佛牙

僧伽羅國王宮側有佛牙精舍王以佛牙日三灌洗香水香末或濯或焚務極珍奇式修供養同上

譬香

佛以乳香楓香為澤香椒蘭蕙芷為天末香又云天末香莫若牛頭旃檀天澤香莫若詹糖薰陸天華香莫若

馨蘭伊蒲後漢所謂伊蒲之供是也

青棘香

佛書云終南長老入定夢天帝賜以青棘之香羅大經鶴林玉露

風與香等

佛書云凡諸所齅風與香等同上

香從頂穴中出

僧伽者西域人唐時居京師之薦福寺嘗獨處一室其

頂上有一穴恒以絮室之夜則去絮香從頂穴中出烟氣滿房非常芬馥及曉香還入頂穴中仍以絮室之（僧伽本傳）

結願香

有郎官夢謁老僧於松林中前有香爐烟甚微僧曰此是檀越結願香香烟尚存檀越已三生三榮朱紫矣陳去非詩云再燒結願香

所拈之香芳烟直上

會稽山陰靈寶寺木像戴逵所製郗嘉賓撮香呪曰若使有常將復覩聖顏如其無常願會彌勒之前所拈之香於手自然芳烟直上極目雲際餘芬徘徊馨聞一寺於時道俗莫不感厲像今在越州嘉祥寺法苑珠林

香似茅根

永徽中南山龍池寺沙門智稜至一谷聞香莫如何所深討香從澗內沙出即撥沙看形似茅根裏甲沙土然極芳馥就水抖擻洗之一澗皆香將返龍池佛堂中堂皆

香極深美神州塔寺三寶感通録

香熏諸世界

蓮花藏香如沉水出阿那婆達多池邊其香一丸如麻子大香熏閻浮提界亦云白旃檀能使衆欲清涼黑沉香能熏法界又云天上黑旃檀香若燒一銖普熏三千世界三千世界珍寶價直所不能及赤土國香聞百里名一國香紺林

香印頂骨

印度七寶小窣堵波置如來頂骨骨周一尺二寸髮孔分明其色黃白盛以寶函置窣堵波中欲知善惡相者香末和泥以印頂骨隨其福感其文煥然又有嬰疾病欲祈康愈者塗香散花至誠歸命多蒙瘳瘥西域記

買香弟子

西域佛圖澄常遣弟子向西域中市香既行澄告餘弟子云掌中見買香弟子在某處被刼垂死因燒香呪願

遥救護之弟子復還云某月某日某處為賊所刦垂當見殺忽聞香氣賊無故自驚曰救兵已至棄之而走高僧傳

以香薪身

聖帝崩時以刦波育氎千張纏身香澤灌上令澤下徹以香薪身上下四面使其齊同放火闍維撿骨香汁洗盛以金甕石為甎瓨佛滅度棺斂葬送經

戒香

燒此戒香令熏佛慧又戒香恒馥法輪常轉龍藏寺碑

戒定香

釋氏有定香戒香韓侍郎贈僧詩一靈今用戒香熏

多天香

波利質多天樹其香則逆風而聞成論

如來香

願此香烟雲遍滿十方界無邊佛土中無量香莊嚴具足菩薩道成就如來香內典

浴佛香

牛頭旃檀芎藭欝金龍腦沉香丁香等以為湯置淨器中次第浴之浴佛功德經

異香成穗

二十二祖摩拏羅至西天印上焚香而月氏國王忽覩異香成穗傳燈錄

古殿爐香

問如何是古殿一爐香寶蓋約師曰廣大勿入齅曰齅

如何師曰六根俱不到同上

買佛香

問動貌沉古路没乃方知此意如何師曰偷佛錢買佛香曰學人不會師曰不會即燒香供養本爹娘同上

萬種為香

永明壽公云如擣萬種而為香爇一塵而已具足衆氣無生論

合境異香

杯渡和尚至廣陵寓村舍李家合境聞有異香撲鼻（仙佛奇蹤）

燒香呪蓮

佛圖澄取盆水燒香呪之頃刻青蓮湧起（晉書）

香光

烏窠禪師母朱氏夢日光入口因而有娠及誕異香滿室遂名香光焉（仙佛奇蹤）

自然香潔

伽耶舍多尊者其母感娠七日而誕未嘗沐浴自然香潔同上

臨化異香

慧能大師跏趺而化異香襲人白虹屬地同上

又

智感禪師臨化室有異香經旬不散

香乘卷六

欽定四庫全書

香乘卷七

明 周嘉胄 撰

宮掖諸香

薰香 考證二則

莊公束縛管仲以予齊使受而以退比至三釁三浴之注云以身塗香曰釁釁或為薰（齊語）

魏武令云天下初定吾便禁家內不得薰香（三國志）

西施異香

西施舉體異香沐浴竟宮人爭取其水積之罌甕用灑帷幄滿室皆香甕中積久下有濁滓凝結如膏宮人取以晒乾錦囊盛之佩於寶袜香踰於水採蘭雜志

迫駕香

戚夫人有迫駕香

燒香禮神

漢武故事昆邪王殺休屠王來降得金人之神置之甘

泉宮金人者皆長丈餘其祭不用牛羊惟燒香禮拜漢武故事

金人即佛武帝時已崇事之不始於成帝也

龍華香

漢武帝時海國獻龍華香

百蘊香

趙后浴五蘊七香湯婕妤浴荳蔻湯帝曰后不如婕妤體自香后乃燎百蘊香婕妤傅露華百英粉趙后外傳

九回香

婕妤又沐以九回香膏髮為薄眉號遠山黛施小朱號慵來妝同上

坐處餘香不歇

趙飛燕雜薰諸香坐處則餘香百日不歇同上

昭儀上飛燕香物

飛燕為皇后其女弟在昭陽殿遺飛燕書曰今日嘉辰貴姊懋膺洪冊謹上襚三十五條以陳踴躍之心中有五層金博山爐青木香沉水香香螺卮九真雄麝香等

物西京雜記

綠熊席薰香

飛燕女弟昭陽殿卧內有緑熊席其中雜薰諸香一坐此席餘香百日不歇同上

餘香可分

魏王操臨終遺令曰餘香可分與諸夫人諸舍中無所為學作履組賣也三國志

香聞十里

隋煬帝自大梁至淮口錦帆過處香聞十里煬帝開河記

夜酣香

煬帝建迷樓樓上設四寶帳有夜酣香皆雜寶所成南部烟花記

五方香牀

隋煬帝觀文殿前兩廂為堂各十二間於十二間堂每間十二寶樹前設五方香牀綴貼金玉珠翠每駕至則宮人擎香爐在輦前行錦繡萬花谷

拘物頭花香

大唐貞觀十一年罽賓國獻拘物頭花丹紫相間其香遠聞唐太宗實録

敕貢杜若

唐貞觀敕下度支求杜若省郎以謝朓詩云芳洲生杜若乃責坊州貢之通志

助情香

唐明皇正寵妃子不視朝政安禄山初承聖睠因進助

情花香百粒大小如粳米而色紅每當寢之際則含香一粒助情發興筋力不倦帝秘之曰此亦漢之慎恤膠也天寶遺事

疊香為山

華清温泉湯中疊香為方丈瀛洲明皇雜録

碧芬香裘

玄宗與貴妃避暑於興慶宮飲宴於靈陰樹下寒甚玄宗命進碧芬之裘碧芬出林氏國乃騶虞與豹交而生

此獸大如犬毛碧於黛香聞數里太宗時國人致貢上名之曰鮮渠上沮鮮渠華言碧上沮華言芬芳也明皇

雜録

濃香觸體

寶歴中帝造紙箭竹皮弓紙間密貯龍麝末香每宮嬪羣聚帝躬射之中者濃香觸體了無痛楚宮中名風流箭為之語曰風流箭中的人人願清異録

月麟香

玄宗為太子時愛妾號鸞兒多從中貴董逍遙微行以輕羅造梨花散蘂裛以月麟香號袖裏春所至暗遺之史諱録

鳳腦香

穆宗思玄解每詰旦於藏真島焚鳳腦香以崇禮敬後旬日青州奏云玄解乘黃牝馬過海矣杜陽雜編

百品香

上崇奉釋氏每春百品香和銀粉以塗佛室又置萬佛

山則雕沉檀珠玉以成之(同上)

龍火香

武宗好神仙術起望仙臺以崇朝禮復脩降真臺焚龍火香薦無憂酒(同上)

焚香讀章奏

唐宣宗每得大臣章奏必盥手焚香然後讀之(本紀)

步輦綴五色香囊

咸通九年同昌公主出降宅於廣化里公主乘七寶步

輦四面綴五色玉香囊囊中貯辟寒香辟邪香瑞麟香金鳳香此香異國所獻也仍雜以龍腦金屑刻鏤水晶瑪瑙辟塵犀為龍鳳花其上仍絡以真珠玳瑁又金絲為流蘇雕輕玉為浮動每一出遊則芬馥滿路晶熒照耀觀者眩惑其目是時中貴人買酒於廣化旗亭忽相謂曰坐來香氣何太異也同席曰豈非龍腦耶曰非也余幼給事於嬪御宮故常聞此香未知由何而致因顧問當壚者遂云宮主步輦夫以錦衣換酒於此也中貴

人共視之益歎其異杜陽雜編

玉髓香

上迎佛骨焚玉髓之香香乃訶陵國所貢獻也同上

沉檀為座

上敬天竺教製二高座賜新安國寺一為講座一為唱經座各高二丈斫沉檀為骨以漆塗之同上

刻香檀為飛簾

詔迎佛骨以金銀為寶剎以珠玉為寶帳香舁刻香檀

為飛簾花檻瓦木階砌之類同上

含嚼沉麝

寧王驕貴極於奢侈每與賓客議論先含嚼沉麝方啓口發談香氣噴於席上天寶遺事

昇霄靈芝香

公主薨帝哀痛令賜紫尼及女道冠焚昇霄靈芝香擊歸天紫金之磬以導靈昇同上

靈芳國

後唐龍輝殿安假山水一鋪沉香為山阜薔薇水蘇合油為江池苓藿丁香為林樹薰陸為城郭黃紫檀為屋宇白檀為人物方圍一丈三尺城門小牌曰靈芳國云平蜀得之者清異錄

香讌

李璟保大七年名大臣宗室赴内香讌凡中國外國所出以至和合煎飲佩帶粉囊共九十二種江南素所無也同上

爇諸香晝夜不絶

蜀主王衍奢縱無度常列錦步障毬其中往往遠適而外人不知爇諸香晝夜不絶久而厭之更爇皁莢以亂香氣結繒為山及宮觀樓殿於其上續世說

鵞梨香

江南李後主帳中香法以鵞梨蒸沉香用之號鵞梨香

焚香祝天

後唐明宗每夕於宮焚香祝天曰某為衆所推戴願早

生聖人為生民主五代史

香孩兒營

宋太祖匡胤生於馬甲營赤光滿室營中異香人謂之香孩兒營稗雅

降香嶽瀆

國朝每歲分遣驛使齎御香有事於五嶽四瀆名山大川循舊典也歲二月朝廷遣使馳驛有事於海神香用沉檀具牲幣主者以祝文告於前禮畢使以餘香回福

於朝清異錄

雕香看果

顯德元年周祖刱造供薦之物世祖以外姓繼統凡百物從厚靈前看菓雕香為之同上

香藥庫

宋內香藥庫在諲門外凡二十八庫真宗御賜詩一首為庫額曰每歲沉檀來遠裔累朝珠玉實皇居今辰御庫初開處充牣尤宜史筆書石林燕語

諸品名香

宣政間有西主貴妃金香得名乃蜜劑者若今之安南香也光宗萬幾之暇留意香品合和奇香號東閣雲頭香其次則中興復古香以占臘沉香為本雜以龍腦麝香薝蔔之類香味氤氳極有清韻又有劉貴妃瑶英香元總管勝古香韓鈐轄正德香韓御帶清觀香陳司門木片香皆紹興乾淳間一時之勝耳慶元韓平原製閱古堂香氣味不減雲頭番禺有吳監稅菱角香乃不假

印手捏而成當盛夏烈日中一日而乾亦一時之絶品

令好事之家有之稗史彙編

宣和香

宣和時常造香於睿思東閣南渡後如其法製之所謂東閤雲頭香也馮當世在兩府使潘谷作墨名曰福庭東閣然則墨亦有東閣云癸辛雜識外集

宣和間宮中所焚異香有亞悉香雪香褐香軟香瓠香猊眼香等同上

行香

國初行香本非舊制祥符二年九月丁亥詔曰宣祖昭武皇帝昭憲皇后自今忌前一日不坐朝羣臣進名奉慰寺觀行香禁屠廢務累朝因之今惟存行香而已王球燕翼貽謀録

齋降御香

元祐癸酉九月一日夜開寶寺塔表裏通明徹旦禁中夜遣中使齋降御香行營雜録

僧吐御香

藝祖微行至一小院旁見一髠大醉吐穢於道藝祖密召小璫往其所覘此髠在否且以其所吐物狀來至御前視之悉御香也鐵圍山叢談

麝香小龍團

金章宗宫中以張遇麝香小龍團為畫眉墨

祈雨香

太祖高皇帝欲戮僧三千餘人吴僧永隆請焚身以救

免帝允之令武士衛其龕隆書偈一首取香一瓣書風調雨順四字語中侍曰煩語陛下遇旱以此香祈雨必驗乃秉炬自焚骸骨不倒異香遍人羣鶴舞於龕頂上乃宥僧衆時大旱上命以所遺香至天禧寺禱雨夜降大雨上嘉曰此真永隆雨上製詩美之永隆蘇州尹山寺僧也翦勝野聞

子休氏曰漢武好道遐邦慕德貢獻多珍奇香疊至乃有辟瘟回生之異香雲起處百里資靈然不經史

載或謂非真固當時秉筆者不欲以怪異使聞於後世人君耳但漢制貢香不滿斤不收似希多而不冀精遺笑外使故使者憒憒不再陳異懷香而返僅留香豆許示異一國明皇風流天子篤愛助情香至創作香箭尤更標新宣政諸香極意製造芳郁昭勝大都珍異之品充貢尚方者應上清大雄受供之餘自非萬乘之尊曷能享其熏烈草野潛夫猶得於頴楮間挹其芬馥殊為幸矣

香乘卷七

欽定四庫全書

香乘卷八

明 周嘉胄 撰

香異

沉榆香

黄帝使百辟羣臣受德教者皆列珪玉於蘭蒲席上燃沉榆之香舂雜寶為屑以沉榆之膠和之為泥以塗地分别尊卑華戎之位也封禪記

茶蕪香

燕昭王二年波弋國貢茶蕪香焚之著衣則彌月不絶浸地則土石皆香著朽木腐草莫不茂蔚以薰枯骨則肌肉立生時廣延國貢二舞女帝以茶蕪香屑鋪地四五寸使舞女立其上彌日無跡王子年拾遺記

恒春香

方丈山有恒春之樹葉如蓮花芬芳若桂花隨四時之色昭王之末仙人貢焉列國咸賀王曰寡人得恒春矣

何憂太清不一恒春一名沉生如今之沉香也

遐草香

齊桓公伐山戎得聞遐草香者耳聰花如桂莖如蘭

西國獻香

漢武帝時弱水西國有人乘毛車以渡弱水來獻香者帝謂是常香非中國之所乏不禮其使留久之帝幸上林苑西使至乘輿閒并奏其香帝取之看大如燕卵三枚與棗相似帝不悅以付外庫後長安中大疫宫中皆

疫病帝不舉樂西使乞見請燒所貢香一枚以辟疫氣帝不得已聽之宮中病者登日並瘥長安百里咸聞香氣芳積九十餘日香猶不歇帝乃厚禮發遣餞送張華博物志

返魂香

聚窟州有大山形如人鳥之象因名為人鳥山山多大樹與楓木相類而花葉香聞數百里名為返魂樹扣其樹亦能自作聲聲如羣牛吼聞之者皆心震神駭伐其

木根心於玉釜中煮取汁更微火煎如黑餳狀令可丸之名曰驚精香或名震靈香或名返生香或名震檀香或名人鳥精或名却死香一種六名斯靈物也香氣聞數百里死者在地聞香氣即活不復亡也以香熏死人更加神驗延和三年武帝幸安定西胡月支國王遣使獻香四兩大如雀卵黑如桑椹帝以香非中國所有以付外庫使者曰臣國去此三十萬里國有常占東風入律百旬不休青雲干呂連月不散者當知中國時有好

道之君我王固将賤百家而好道儒薄金玉而厚靈物也故搜奇藴而貢神香步天林而請猛獸乗毳車而濟弱淵策驥足以度飛沙契闊途遠辛勞蹊路于今已十三年矣神香起夭殘之死疾猛獸却百邪之魅鬼又曰靈香雖少斯更生之神丸疫病災死者將能起之及聞氣者即活也芳又特甚故難歇也後建元元年長安城内病者數百亡者大半帝試用月支神香燒於城内其死未三日者皆活芳氣經三月不歇於是信知其神物

也乃更祕録餘香後一旦又失撿函封印如故無復香也十洲記

永樂初傳聞大倉劉家河天妃宮有鸛卵為寺沙彌竊烹將熟老僧見鸛哀鳴不已急令取還經時雛出僧異之探其巢得香木尺許五綵若錦持以供佛後有外國使者見之以數百金易去云是神香也焚之死人可生即返魂香木也葢太倉近海鸛自海外負至者

莊姬藏返魂香

袁運字子先嘗以奇香一丸與莊姬藏於笥終歲潤澤香達於外其冬閤中諸蟲不死冒寒而鳴姬以告袁袁曰此香製自宮中當有返魂乎

返魂香引見先靈

大同主簿徐肇遇蘇氏子德哥者自言善為返魂香手持香爐懷中以一貼如白檀香末撮於爐中烟氣裊裊直上甚於龍腦德哥微吟曰東海徐肇欲見先靈願此

香煙用為引導盡見其父母曾高德哥曰但死經八十年以上則不可返矣　洪芻香譜

明天發日香

漢武帝嘗夕望東邊有雲起俄見雙白鵠集臺上化為幼女舞於臺握鳳管之簫撫落霞之琴歌青吴春波之曲帝開暗海玄落之席散明天發日之香香出胥池寒國有發日樹日從雲出雲來掩日風吹樹枝即拂雲開日光　漢武內傳

百和香

武帝修除宫掖燔百和之香張雲錦之帷燃九光之燈列玉門之棗酌蒲萄之酒以候王母降漢武外傳

乾陀羅耶香

西國使獻香名乾陀羅耶香漢制不滿斤不得受使乃私去著香如大豆許在宫門上香自長安四面十里經月乃歇

兜木香

兜木香燒之去惡氣除病疫漢武帝時西王母降上燒兜木香末兜木香兜渠國所獻如豆大塗宮門上香聞百里關中大疾疫死者相枕藉燒此香疫則止内傳云死者皆起此則靈香非中國所致標其功用為衆草之首焉本草

西國獻香返魂香乾陀羅耶香兜木香其論形似功效神異略同或即一香諸家載録有異耳姑并録之以俟博採

龍文香

龍文香武帝時所獻忘其國名 杜陽雜編

方山館燒諸異香

武帝元封中起方山館招諸靈異乃燒天下異香有沉光香祇精香明庭香金磾香塗魂香帝張青檀之燈青檀有膏如淳漆削置器中以蠟和之香燃數里 漢武內傳

沉光香塗魂國貢暗中燒之有光故名性堅實難碎以鐵杵舂如粉而燒之祇精香亦出塗魂國燒之魑

魅畏避明庭香出胥池寒國金磾香金日磾所製見

下塗魂香以所出國名之

金磾香

金日磾既入侍欲衣服香潔變宿昔之氣自合此香帝

果悦之日磾嘗以自薰宫人見之益增其媚洞冥記

薰肌香

薰人肌骨至老不病洞冥記

天仙椒香徹數里

虜蘇割剌在答魯之右大澤中高百尋然無草木石皆赭色山産椒椒大如彈丸然之香徹數里每然椒則有鳥自雲際蹁躚而下五色輝映蓋鳳凰種也昔漢武帝遣將軍趙充國逐匈奴得其椒不能解詔問東方朔朔曰此天仙椒也塞外千里有之能致鳳武帝植之太液池至元帝時椒生果有異鳥翔集燉煌新録

神精香

光和元年波岐國獻神精香一名荃蘼草亦名春蕪草

一根而百條其枝間如竹節柔軟其皮如絲可為布所
謂春蕪布又名白香荃布堅密如氷紈也握之一片滿
宮皆香婦人帶之彌年芬馥也雜記集

辟寒香

丹丹國所出漢武帝時入貢每至太寒於室焚之煖氣
翕然自外而入人皆減衣任昉述異記

寄辟寒香

齊凌波以藕絲連螭錦作囊四角以鳳毛金飾之實以

辟寒香為寄鍾觀玉觀玉方寒夜讀書一佩而遍室俱暖芳香襲人清異錄

飛氣香

飛氣之香玄脂朱陵返生之香真檀之香皆真人所燒之香三洞珠囊隱訣

蘅薇香

漢光武建武十年張道陵生於天目山其母初夢大人自北魁星中降至地長丈餘衣繡衣以蘅薇香授之既

覺衣服居室皆有異香經月不歇感而有孕及生日黃雲籠室紫氣盈庭室中光氣如日月復聞昔日之香浹日方散列仙傳

蘅蕪香

漢武帝息延涼室夢李夫人授帝蘅蕪香帝夢中驚起香氣猶著衣枕閒歷月不歇帝謂為遺芳夢拾遺記

平露金香

右司命君王易度遊於東板廣昌之城長樂之鄉天女

灌以平露金香仙會之湯瓊鳳玄脯三洞珠囊

訶黎勒香

高仙芝伐大樹得訶黎勒香五六寸置抹肚中覺腹痛仙芝以為祟欲棄之問大食長老長老云此香人帶一切病消其作痛者吐故納新

李少君竒香

帝事仙靈惟謹甲帳前置瓔瓏十寶紫金之爐李少君取緑蜃之血丹虹之涎靈龜之膏阿紫之丹擣幅羅香

草和成奇香每帝至壇前輒燒一顆煙繞梁棟間久之不散其形漸如水紋須之蛟龍魚鱉百怪出沒其間仰視股栗又然靈音之燭衆樂迭奏於火光中不知何術

幅羅香草出賈超山奚囊橘柚

如香草

如香草出繁績婦女佩之則香聞數里男子佩之則臭海上有奇丈夫拾得此香嫌其臭棄之有女子拾去其人跡之香甚欲奪之女子疾走其人逐之不及乃止故

語曰欲知女子强轉臭得成香呂氏春秋云海上有逐臭之夫疑即此事同上

石葉香

魏文帝以文車十乘迎薛靈芸道側燒石葉之香其香重疊狀如雲母其香氣辟惡厲之疾此香腹題國所進也拾遺記

都夷香

香如棗核食一顆歷月不飢以粟許投水中俄滿大盂

也洞冥記

茵墀香

漢靈帝熹平三年西域獻茵墀香煮爲湯辟癘宫人以之沐浴餘汁入渠名曰流香渠拾遺記

九和香

天人玉女擣和天香持擎玉爐燒九和之香三洞珠囊

五色香烟

許遠出遊燒香皆五色香烟同上

千步香

南海山出千步香佩之香聞千步今海隅有千步草是其種也葉似杜若而紅碧閒雜貢籍曰南郡貢千步香

述異記

百濯香

孫亮作綠琉璃屏風甚薄而瑩徹每於月下清夜舒之常寵四姬皆振古絕色一名朝姝二名麗居三名洛珍四名潔華使四人坐屏風內而外望之了如無隔惟香

氣不通于外為四人合四氣香殊方異國所出凡經踐躡宴息之處香氣沾衣歷年彌盛百澣不歇因名曰百濯香或以人名香故有朝姝香麗居香洛珍香潔華香亮每遊此四人皆同輿席來侍皆以香名前後為次不得亂之所居室名思香媚寢 拾遺記

西域奇香

韓壽為賈充司空掾充女窺之見而悅焉因婢通殷勤壽踰垣而至時西域有貢奇香一著人經月不歇帝以

賜充其女密盜以遺壽後充與壽宴聞其芬馥意知女與壽通遂祕之以女妻壽晉書賈充傳

韓壽餘香

唐峘妻亡悼念殊甚一夕復來相接如生平歡至天明訣别整衣聞香郁然不與世同峘問此香何方得答言韓壽餘香廣艷異編

罽賔國香

咸通中崔安潛以清德峻望為鎮時風宰相楊收師重

焉楊召崔飲宴見廳館鋪陳華煥左右執事皆雙鬟珠翠前置香一罏烟出成樓臺之狀崔別聞一香氣似非罏烟及珠翠所有者心異之時時四顧終不諭香氣移時楊曰相公意似別有所矚崔公曰某覺一香氣異常酷烈楊顧左右令於廳東閒閣子內縷金案上取一白角碟子盛一漆毬子呈崔曰此是罽賓國香崔大竒之盧氏雜記

西國異香

僧守亮通周易李衛公禮敬之亮終時衛國率賓客致祭適有南海使送西國異香公於龕前焚之其煙如綖穿屋而上觀者悲敬語林

香玉辟邪

唐肅宗賜李輔國香玉辟邪二各高一尺五寸奇巧殆非人間所有其玉之香可聞於數百步雖鏁之於金函石匱終不能掩其氣或以衣裾誤拂則芬馥經年縱澣濯數四亦不消歇輔國嘗置於座側一日方巾櫛而辟

邪忽一大笑一悲號輔國驚愕失據而顰然者不已悲號者更涕泗交下輔國惡其怪碎之如粉其輔國所居里巷酷烈彌月猶在蓋舂之為粉而愈香故也不過歲而輔國死焉初碎辟邪輔國嬖孥慕容宮人知異嘗私隱屑二合魚朝恩以錢三十萬買之及朝恩將伏誅其香化為白蝶升天而去唐書

刀圭第一香

唐昭宗嘗賜崔胤香一黃綾角約二兩御題曰刀圭第

一香酷烈清妙焚豆大許亦終日旖旎蓋咸通中所製

賜同昌公主者 清異錄

一國香

赤土國在海南出異香每燒一丸香聞數百里號一國香 諸番記

鷹嘴香 一名吉羅香

番禺牙儈徐審與舶主何吉羅洽密不忍分判臨岐出如鳥嘴尖者三枚贈審曰此鷹嘴香也價不可言當時

疫於中夜焚一顆則舉家無恙後八年番禺大疫審焚香閤户獨免餘者共事之呼為吉羅香 清異錄

特迦香

馬愈云余謁西域使臣乃西域鉢露郵國人也坐卧尊嚴言語不苟飲食精潔遇人有禮茶敘畢余以天蠶絲所縫摺疊葵藥扇奉之彼把翫再四拱手笑謝因命侍者移薰爐在地中枕内取出一黑小盒啓香爇之香雖不多芬芳滿室即以小盒盛香一枚見酬云此特迦香

也所爇者即是佩服之身體常香神鬼畏服其香經百年不壞今以相酬秪宜收藏護體勿輕焚爇國語特迦唐言辟邪香也余締視之香細膩淡白形如雀卵嗅之甚香連盒受之拜手相謝辭退間使臣復降牀躡履再揖而出歸家爇粒米許其香聞于鄰屋經四五日不歇連盒奉於先母先母納篋笥中衣服皆香十餘年後余尚見之先母即世篋中惟盒存而香已失矣馬氏日抄

香乘卷八

欽定四庫全書

香乘卷九

明 周嘉胄 撰

香事分類上

天文香

香風

瀛洲時有香風泠然而起張袖受之則歷年不歇著肌膚必軟滑拾遺記

香雲

員嶠山西有星池池有爛石常浮於水邊其色紅質虛似肺燒之有烟香聞數百里烟氣升天則成香雲遍潤則成香雨物類相感志

香雨

蕭總遇神女後逢雨認得香氣曰此從巫山來窮怪錄

香露

炎帝始百穀滋阜神芝發其異色靈苗擢其嘉穎陸地

丹蕖駢生如蓋香露滴瀝下流成池拾遺記

神女擎香露

孔子當生之夜二蒼龍亘天而下來附徵在之房因而生夫子有二神女擎香露空中而來以沐浴徵在同上

地理香

香山

廣東德慶州有香山上多香草一統志

香水

香水在并州其水香潔浴之去病吳故宮亦有香水溪俗云西施浴處呼為脂粉塘吳王宮人濯妝於此溪上源至今馨香古詩云安得香水泉濯郎衣上塵俗說魏武帝陵中亦有泉謂之香水述異記

香溪

歸州有昭君村下有香溪俗傳因昭君浴草木皆香唐書明妃秭歸人臨水而居恒於溪中盥手溪水盡香今名香溪下惟短牒

曹溪香

梁天監元年有僧知藥泛舶至韶州曹溪水口聞其香嘗其味曰此水上流有勝水遂開山立名寶林乃云此去百七十年當有無上法寶在此演法今六祖南華是也（五車韻瑞）

香井

卓文君閨中一井文君手自汲則甘香沐浴則滑澤鮮好他人汲之則與常井等（採蘭雜志）

泰山有上中下三廟廟前有大井水極香冷異於凡井不知何代所掘從征記

浴湯泉異香

利州平痾鎮湯泉勝他處云是朱砂湯他則硫黄也昔有兩美人來浴既去異香郁郁累日不散

香石

卞山在湖州山下有無價香有老母拾得一文石光彩可愛偶墮火中異香聞於遠近收而寳之每投火中異

香如初 洪譜

湖石炷香

觀州倅武伯英嘗得宣和湖石一竇竅穿漏殆若神劖鬼鑿炷香其下則烟氣四起散布槃木上濃淡霏拂有烟江疊嶂之韻 元遺山集

靈璧石收香

靈璧石能收香齋閣之中有之香雲馣馤終日不散 格古要論

張香橋

張香橋昔有女子名香與所歡會此故名一曰女子姓張名香荻樓雜抄

香木梁

拂林國王都城八十里門高二十丈以香木為梁黄金為地

香城

香城金爵龍宫玉牒三教論

香柏城

孟養之地名香柏城一統志

沉香洞

新都白嶽山有沉香洞本志

香洲

香洲在朱崖郡洲中出諸異香往往不知名焉述異記

香林

日南郡有千畝香林名香往往出其中同上

香市

日南有香市商人交易諸香處（同上）

成都府十二月中皆有市六月為香市（成都記）

香戶

南海郡有採香戶（述異記）

海南俗以貿香為業（東坡集）

香界

佛寺曰香界亦曰香阜因香所生以香為界（楞嚴經）

衆香國

米元章臨逝端坐合掌曰衆香國裏來衆香國裏去米襄陽志林

草木香

遥香草

岱輿山有遥香草其花如丹光耀如月葉細長而白如忘憂之草其花葉俱香扇馥數里故名曰遥香草王子年拾遺記

家孽香

家孽葉大而長開紅花作穗俗呼草荳蔻其葉甚香俗以蒸米粿本草

蘭香

一名水香生大吴池澤葉似蘭尖長有岐花紅白而香俗呼為鼠尾香煮水浴以治風香譜

蕙香

廣志云蕙花紫莖緑葉䰐文帝以為香燒之

右蘭香蕙香乃都梁之屬非幽蘭芳蕙也

蘭為香祖

蘭雖吐一花室中亦馥郁襲人彌旬不歇故江南人以蘭為香祖 清異錄

蘭湯

五月五日以蘭湯沐浴 大戴禮 浴蘭湯兮沐芳 楚辭

蘭佩

紉秋蘭以為佩 楚辭 記曰佩帨茝蘭

蘭畹

既滋蘭之九畹兮又樹蕙之百畮 楚辭

蘭操

孔子自衛反魯隱谷之中見香蘭獨茂喟然歎曰夫蘭當為王者香今乃獨茂與衆草為伍乃止車援琴鼓之自傷不逢時託辭於幽蘭云 琴操序

蘼蕪香

蘼蕪香草一名薇蕪似蛇牀而香騷人借以為譬魏

武以藏衣中

三花香

三花香嵩山仙花也一年三花色白美道士所植也

五色香草

濟陰園客種五色香草服其食忽有五色蛾集生華蠶蠶食香草得繭大如甕有女來助繅繅訖女與客俱仙述異記

八芳草

宋艮嶽八芳草曰金蛾曰玉蟬曰虎耳曰鳳尾曰素馨曰渠那曰茉莉曰含笑艮嶽記

聚香草

獨角仙人居渝州仙池池邊起樓聚衆香草植樓下渝州圖經

芸薇香

芸薇一名芸芝宮人採帶其莖葉香氣能歷月不散拾遺記

鍾火山香草

鍾火山有香草漢武思李夫人東方朔獻之帝懷之夢見因名懷夢草

蜜香花

生天台山一名土常香苗莖甚甘人用為藥香甜如蜜

百草皆香

于闐國其地百草皆香

威香

咸香瑞草一名蔵蕤王者禮備則生於殿前又云王者愛人命則生孫氏瑞應圖

真香茗

巴東有真香茗其花白色如薔薇煎服令人不眠能誦無忘述異記

人參香

邵化及為高麗國王治藥云人參極堅用斧斷之香馥一殿孔平仲談苑

睡香

瑞香花始緣一比丘晝寢盤石上夢中聞香氣酷烈不可名既覺尋香求之因名睡香四方奇之謂乃花中祥瑞遂以瑞易睡清異錄

牡丹香名

慶天香　西天香　丁香紫　蓮香玉　玉兔天香

芍藥香名

蘸金香　疊英香　掬香瓊　擬香英　聚香絲

御蟬香

御蟬香瓜名

萬歲棗木香

三佛齊產萬歲棗木香樹類絲瓜冬取根曬乾者香一統志

金荆榴木香

隋煬帝令朱寬等征琉球得金荆榴木數十斤色如真金密緻而文緑盤蹙如美錦甚香極細可以為枕及案

面雖沉檀不能及（朝野僉載）

素松香

容縣有白松樹一株神物也松枯枝極香名素松香然不敢妄取取則不利縣令每祭禱之取製帶甚馥郁（容縣志）

水松香

水松葉如檜而細長出南海土產衆香而此木不大香故彼人無被服者嶺北人極愛之然愛其香殊勝在南

方時植物無情者也不香於彼而香於此豈屈於不知已而伸於知已者歟物類之難窮者如此南方草木狀

女香樹

影娥池有女香樹細枝葉婦人戴之香終年不減男子戴之則不香南方草木狀

水松異地則香女香因人而馥草木無情之物乃徵異如此八卷内如香草亦然

七里香

樹婆娑畧似紫薇蕊如碎珠紅色花開如蜜色清香襲人置髮間久而益馥其葉搗可染甲鮮紅仙遊縣志

君遷香

君遷子生海南樹高丈餘其實中有乳汁甘美香好

香艷各異

明皇沉香亭前牡丹一枝二頭朝深碧暮深黃夜粉白香艷各異帝曰此花木之妖賜楊國忠以百寶為欄續博物志

木犀香

採花陰乾以合香甚奇

方載十八卷内

木蘭香

生零陵山谷及泰山一名林蘭一名杜蘭狀如楠皮似

桂而甚薄味辛香道家用以合香

月桂子香

月桂子今江東諸處至四五月後每於衢路得之大如

貍豆破之辛香古老相傳是月中下也本草

海棠香國

海棠故無香獨昌州地産者香乃號海棠香國有香霏亭

桑椹甘香

張天錫云北方桑椹甘香鴟鴞革響淳酪養性人無妒心世說新語

栗有異香

殷七七遊行天下人言久見之不測其年壽偶於酒間以二栗為令接者皆聞異香續仙傳

必栗香

内典云必栗為花木香又名詹香生高山中葉如老椿葉落水中魚暴死木取為書軸辟蠹魚不損書本草

桃香

史論出獵至一縣界憩蘭若中覺香氣異常訪其僧僧云是桃香因出桃啖論仍共至一處奇泉怪石非人境

也有桃數百株枝榦拂地高二三尺異於常桃其香破鼻酉陽雜俎

檜香蜜

亳州太清宫檜至多檜花開時蜂飛集其間作蜜極香謂之檜香蜜歐陽公守亳州時有詩云蜂採檜花村落香老學菴筆記

三名香

千年松香聞十里謂之十里香亦謂之三名香述異記

杉香

宋淳熙年間古杉生花在九座山其香如蘭而烈桂海虞衡志

檳榔苔宜合香

西南海島生檳榔木上如松身之艾蒳單爇不佳交阯人用以合泥香則能成温馨之氣功用如甲香然桂海虞衡志

苔香

太和初改葬基法師初開塚香氣襲人側臥塼臺上形如生塼上苔厚二寸餘作金色氣如旃檀（酉陽雜俎）

鳥獸香

聞香倒挂鳥

爪哇國有倒挂鳥形如雀而羽五色日間焚好香則收而藏之羽翼夜間則張翼尾而倒挂以放香（星槎勝覽）

越王鳥糞香

越王鳥狀似鳶口勾末可受二升許南人以為酒器珍

於文螺此鳥不踐地不飲江湖不啑百草不下餌蟲魚

惟噉木葉糞似薰陸香南人遇之既以為香又治雜瘡

竺法真登羅山疏

香象

百丈禪師曰如香象渡河截流而過無有滯礙慧忠國

師云如世大匠斤斧不傷其手香象所負非驢能堪

牛脂香

周禮云春膳膏香注牛脂香

骨咄犀香

骨咄犀以手摸之作巖桂香若摩之無香者為偽物也雲烟過眼錄

骨咄犀碧犀也色如淡碧玉稍有黄色其文理似角扣之聲清越如玉磨刮嗅之有香格古論

靈犀香

通天犀角鎊少末與沉香爇烟氣裊裊直上能抉陰雲而觀青天故抱朴子云通天犀角有白理如線置米羣

雞中雞往啄米見屎輙驚卻故南人呼為駭雞屎也

香猪

香猪建昌松潘俱出小而肥其肉香益部談資

香猫

契丹國産香猫似土豹糞溺皆香如麝西使記

香貍

香貍一名靈貍一名靈貓生南海山谷狀如貍自為牝牡其陰如麝功亦相似

靈貍一體自為陰陽刳其水道連囊以酒灑陰乾其氣如麝若雜入麝香中罕能分别用之亦如麝焉（異物志）

狐足香囊

習鑿齒從桓温出獵時大雪於江陵城西見草上有氣出伺一物射之應弦而斃往取之乃老雄狐足上帶絳繒香囊（渚宮故事）

狐以名香自防

胡道洽體有臊氣恒以名香自防臨絶戒弟子曰勿令

犬見欲畢棺空時人咸謂狐也異苑

猿穴名香數斛

梁大同末歐陽紇探一猿穴得名香數斛寶劒一雙美婦人三十輩皆絶色凡世所珍靡不充備續江氏傳

獼掬雞舌香

宋永興縣吏鍾道得重疾初瘥情欲倍常先悦白鶴墟中女子至是猶存想焉忽見此女振衣而來即與燕好復數至道曰吾甚欲雞舌香女曰何難乃掬滿手以授

道道邀女同舍咀之女曰我氣素芳不假此女子出户犬忽見隨咋殺之乃是老獺廣豔異編

香鼠

中州産香鼠身小而極香

香鼠至小僅如指擘大穴於柱中行地上疾如激箭桂海虞衡志

密縣間出香鼠陰乾為末合香甚妙鄉人捕得售製香者密縣志

蚯蚓一奩香

孟州王雙宋文帝元嘉初忽不欲見明常取水沃地以菰蔣覆上眠息飲食悉入其中云恒有女著青裙白幘來就其寢每聽薦下歷歷有聲發之見一青色白纓蚯蚓長二尺許云此女常以一奩香見遺氣甚清芬奩乃螺殼香則菖蒲根於時咸以雙漸同阜螽矣異苑

欽定四庫全書

香乘卷十

明　周嘉胄　撰

香事分類下

宫室香

採香逕

吴王闔閭起響屧廊採香逕郡國志

披香殿

漢宫闕名長安有合歡殿披香殿同上

柏梁臺

漢武帝作柏梁臺以柏為之香聞數里

桂柱

武帝時昆明池中有靈波殿七間皆以桂為柱風來自香洞冥記

蘭室

黄帝傳岐伯之術書於玉版藏諸靈蘭之室

蘭臺

楚襄王遊於蘭臺之宫風賦龍朔中改祕書省曰蘭臺

蘭亭

王右軍諸賢脩禊會於會稽山陰之蘭亭

温室

温室以椒塗壁被之文繡香桂為柱設火齊屏風鴻羽帳規地以罽賓氍毹西京雜記

温香渠

石虎為四時浴室用鍮石珷玞為堤岸或以琥珀為瓶杓夏則引渠水以為池池中皆以紗縠為囊盛百雜香藥漬於水中嚴氷之時作銅屈龍數十枚各重數十斤燒如火色投於水中則池水恒温名曰焦龍温池引鳳文錦步障縈蔽浴所共宫人寵嬖者解媟服宴戲彌於日夜名曰清娛浴室浴罷洩水於宫外水流之所名曰温香渠渠外之人爭來汲取得升合以歸其家人莫不怡悦拾遺記

宮殿皆香

西域有報達國其國俗富庶為西域冠宮殿皆以沈檀烏木降真為之四壁皆飾以黑白玉金珠珍貝不可勝計西使記

大殿用沈檀香貼遍

隋開皇十五年黔州刺史田宗顯造大殿一十三間以沈香貼遍中安十三寶帳並以金寶莊嚴又東西二殿瑞像所居並用檀貼中有寶帳花距並用真金所成窮

極宏麗天下第一三寶感通錄

沈香堂

楊素東都起宅窮極奢巧中起沈香堂

香塗粉壁

秦王俊盛治宮室窮極侈麗又為水殿香塗粉壁玉砌金階梁柱楣棟之間周以明鏡間以寶珠極榮飾之美每與賓客妓女絃歌於其上隋書

沈香亭

唐明皇與楊貴妃於沈香亭賞木芍藥不用舊樂府召李白為新詞白獻清平調三章

四香閣

楊國忠用沈香為閣檀香為欄以麝香乳香篩土和為泥飾壁每於春時木芍藥盛開之際聚賓友於此閣上賞花焉禁中沈香亭遠不侔此壯麗也天寶遺事

四香亭

四香亭在州治淳熙間趙公建自題云永嘉何希深之

言曰荼蘼香春芙蕖香夏木犀香秋梅花香冬香錄

含薰閣

王元寶起高樓以銀鏤三稜屏風代籬落密置香槽香自花鏤中出號含薰閣清異錄

蕓輝堂

元載末年造蕓輝堂於私第蕓輝者草名也出于闐國其香潔白如玉入土不朽爛舂之為屑以塗其壁故號蕓輝焉而更構沈檀為梁棟飾金銀為戶牖杜陽雜編

起宅刷酒散香

蓮花巷王珊起宅畢其門刷以醇酒更散香末蓋禮神之至宣武盛事

禮佛寺香壁

天方古筠冲地一名天堂國內有禮佛寺遍寺墻壁皆薔薇露龍涎香和水為之馨香不絕方輿勝覽

三清臺焚香

王審知之孫昶襲為閩王起三清臺三層以黃金鑄像

日焚龍腦薰陸諸香數斤五代史

繡香堂

汴廢宫有繡香堂清香堂汴故宫記

鬱金屋

戴延之西征記云雒陽城有鬱金屋

飲香亭

保大二年國主幸飲香亭賞新蘭詔苑令取滬溪美土為馨烈侯擁培之具清異錄

沈香煖閣

沈香連三煖閣窗隔皆鏤花其下替板亦然下用抽替打篆香在内則氣芬郁終日不散前後皆施錦繡簾後挂屏皆官窰妝飾侈靡舉世未有後歸之福邸雲烟過眼錄

迷香洞

史鳳宣城美妓也待客以等差甚異者有迷香洞神雞枕鎖蓮燈次則交紅被傳香枕八分羊下列不相見以閉門羹待之使人致語曰請公夢中來馮垂客於鳳髻

囊有銅錢三十萬盡納得至迷香洞題九迷詩於照春屏而歸常新錄

廚香

唐駙馬寵於太后所賜廚料甚盛乃開回仙廚廚極馨香使仙人聞之亦當駐也故名回仙解醒錄

廁香

劉寔詣石崇如廁見有絳紗帳茵褥甚麗兩婢持錦香囊寔遽走即謂崇曰向誤入卿室內崇曰是廁耳世說

又王敦至石季倫廁十餘婢侍列皆麗服藻飾置甲煎粉沈香汁之屬無不畢備癸辛雜識外集

身體香

肌香

旋波移光越之美女與西施鄭妲同進於吳王肌香體輕飾以珠幌若雙鸞之在烟霧

塗肌拂手香

二香俱出真臘占城土人以腦麝諸香擣和而成或以

塗肌或以拂手其香經數宿不歇惟五羊至今用之他國不尚焉葉譜

口氣蓮花香

穎州一異僧能知人宿命時歐陽永叔領郡事見一妓口氣常作青蓮花香心頗異之舉以問僧僧曰此妓前生為尼好轉妙法蓮華經三十年不廢以一念之差失身至此後公命取經令妓讀一閱如流宛如素習樂善錄

口香七日

白居易在翰林賜防風粥一甌剔取防風得五合餘食之口香七日（金鑾密記）

橄欖香口

橄欖子香口絶勝雞舌香蘿疏梅含而香口廣州廉薑亦可香口（北戶錄）

汗香

貴妃每有汗出紅膩而多香或拭之於巾帕之上其色如桃花（楊妃外傳）

身出名香

印度有婦人身嬰惡癩竊至窣堵波責躬禮懺見其庭宇有諸穢集掬除灑掃塗香散花更採青蓮重布其地惡疾除愈形貌增妍身出名香青蓮同馥大唐西域記

椒蘭養鼻

椒蘭芬苾所以養鼻也前有蘭芷可以養鼻蘭槐之根是謂芷注云蘭槐香草也其根名芷

飲食香

五香飲

隋仁壽間籌禪師常在內供養造五香飲第一沈香飲次檀香飲次澤蘭香飲次丁香飲次甘松香飲皆有别法以香為主

又

大業五年吳郡進扶芳二樹其葉蔓生纏繞他樹葉圓而厚淩冬不凋夏月取葉微火炙使香煮以飲深碧色香甚美令人不渴籌禪師造五色香飲以扶芳葉為青

飲 大業雜記

名香雜茶

宋初團茶多用名香雜之蒸以成餅至大觀宣和間始製三色芽茶漕臣鄭可間製銀絲氷茶始不用香名為勝雪此茶品之精絶也

酒香山仙酒

岳陽有酒香山相傳古有仙酒飲者不死漢武帝得之東方朔竊飲焉帝怒欲誅之方朔曰陛下殺臣臣亦不

死臣死酒亦不驗遂得免鶴林玉露

酒令骨香

會昌元年扶餘國貢三寶曰火玉曰風松石及澄明酒酒色紫如膏飲之令人骨香宣石志

流香酒

周必大以待制侍講賜流香酒四斗玉堂襍記

糜欽香酒

真陵山有糜欽棗食其一大醉經年東方朔遊其地以

一斛歸進上上和諸香作丸大如芥子每集羣臣取一丸入水一石頃刻成酒味踰醇醪謂之糜欽酒又謂真陵酒飲者香經月不散清賞錄

椒漿

桂醑兮椒漿離騷

椒酒

元日上椒酒於家長稱觴舉壽椒玉衡之精服之令人却老崔寔月令

聚香團

揚州太守仲端啗客以聚香團揚州事迹

赤明香

赤明香世傳仇士良家脯名也清異錄

玉角香

松子有數等惟玉角香㝡奇同上

香葱

天門山上有葱奇異辛香所種畦隴悉成行人拔取者

悉絶若請神而求即不拔自出春秋元命苞

香鹽

天竺有水其名恒源一號新陶水特甘香下有石鹽狀如石英白如水精味過香鹵萬國畢仰南州異物志

香醬

十二香醬以沈香等油煎成服之神仙食經

黑香油

伽藍北嶺傍有窣堵波高百餘尺石隙間流出黑香油

大唐西域記

丁香竹湯

荆南判官劉彧棄官遊秦隴閩粵箧中收大竹十餘顆每有客則斫取少許煎飲其辛香如雞舌湯人堅叩其名曰丁香竹非中國所產也清異錄

米香

淡洋與阿魯山地連接去滿剌加三日程田肥禾盛米粒尖小炊飲甚香其地產諸香星槎勝覽

香飯

香積如來以衆香鉢盛香飯

又

西域長者子施尊者香飯而歸其飯香氣遍王舍城大唐西域記

又

時化菩薩以滿鉢香與維摩詰飯香普熏毗耶離城及三千大千世界時維摩詰語舍利佛諸大聲聞仁者可

食如來甘露味飯大悲所熏無以限意食之使不消維摩詰經

器具香

沈香降真鉢木香匙筯

後唐福慶公主下降孟知祥長興四年明宗晏駕唐避亂莊宗諸兒削髮為苾蒭間道走蜀時知祥新稱帝為公主厚待猶子賜予千計敕器用局以沈香降真為鉢木香為匙筯錫之常食堂展鉢衆僧私相謂曰我輩謂

渠頂相衣服均是金輪王孫但面前四奇寒具有無不等耳清異錄

杯香

關關贈俞本明以青華酒杯酌酒輒有異香或桂花或梅或蘭視之宛然取之若影酒乾不見矣清賞錄

藤實杯香

藤實杯出西域味如荳蔻香美消酒國人寶之不傳於中土張騫入宛得之炙轂子

雪香扇

孟昶夏日水調龍腦末塗白扇上用以揮風一夜與花蕊夫人登樓望月悮墮其扇為人所得外有效者名雪香扇清異錄

香奩

孫仲奇妹臨終授書云鏡與粉盤與郎香奩與若欲其行身如明鏡純如粉譽如香太平御覽

又

韓偓香奩序云咀五色之靈芝香生九竅飲三危之瑞露美動七情古詩云開奩集香蘇

香如意

僧繼顒住五臺山手執香如意紫檀鏤成芬馨滿室名為握君清異錄

名香禮筆

郄詵射策第一拜筆為龍鬚友云猶當令子孫以名香禮之龍鬚志

香璧

蜀人景焕志尚静隐卜築玉壘山下茅堂花檻足以自娱常得墨材甚精止造五十團曰以此終身墨印文曰香璧陰篆曰副墨子

龍香劑

玄宗御案墨曰龍香劑陶家餅餘事

墨用香

製墨香用甘松藿香零陵香白檀丁香龍腦麝香李孝美墨譜

香皮紙

廣管羅州多檖香樹其葉如橘皮堪作紙名為香皮紙灰白色有紋如魚子牋劉恂嶺表録異

枕中道士持香

海外一國貢光明枕長一尺二寸高六寸潔白類水晶中有樓臺之形四面有十道士持香執簡循環無已

飛雲履染四選香

白樂天作飛雲履染以四選香振履則如烟霧曰吾足

下生雲計不久上昇朱府矣 樵人直說

香囊

幃謂之縢即香囊也 楚辭注

白玉香囊

元先生贈韋丹尚書鮫綃纏白玉香囊 松窗襍錄

五色香囊

後蜀文澹生五歲謂母曰有五色香囊在吾牀下往取得之乃澹前生五歲失足落井今再生也 本傳

紫羅香囊

謝遏年少時好佩紫羅香囊垂裏子叔父安石患之而不欲傷其意乃譎與賭碁賭得燒之小名錄

貴妃香囊

明皇還蜀過貴妃葬所乃密遣棺槨葬焉啓瘞故香囊猶在帝視流涕楊妃外傳

連蟬錦香囊

武公業愛妾步非烟貽趙象連蟬錦香囊附詩云無力

姸妝倚繡櫳暗題蟬錦思難窮近來羸得傷春病柳弱花欹怯曉風非烟傳

繡香袋

臘日賜銀合子駐顏膏牙香等繡香袋韓偓集

香纓

詩親結其縭注曰香纓也女將嫁母結縭而戒之

玉合香膏

章臺柳以輕素結玉合實以香膏投韓君平柳氏傳

香獸

香獸以塗金為狻猊麒麟鳧鴨之狀空中以然香使烟自口出以為玩好復有雕木埏土為之者

又

故都紫宸殿有二金狻猊蓋香獸也晏公冬宴詩云狻猊對立香烟度鸑鷟交飛組綉明（老學庵筆記）

香炭

楊國忠家以炭屑用蜜捏塑成雙鳳至冬月然爐乃先

以白檀香末鋪於爐底餘炭不能參雜也天寶遺事

香蠟燭

公主始有疾召術士米賓為燈法乃以香蠟燭遺之米氏之鄰人覺香氣異常或詣門詰其故賓具以事對其燭方二寸上被五色文卷而爇之竟夕不盡郁烈之氣可聞於百步餘烟出其上即成樓閣臺殿之狀或云蠟中有蜃脂故也杜陽雜編

又

秦檜當國四方餽遺日至方滋德帥廣東為蠟炬以衆香實其中遣駛卒持詣相府厚遺主藏吏期必達吏使俟命一日宴客吏曰燭盡適廣東方經略送燭一揜未敢啓乃取而用之俄而異香滿座察之則自燭中出也亟命藏其餘枚數之適得四十九呼駛問故則曰經畧專造此燭供獻僅五十條既成恐不佳試其一不敢以他燭充數秦大喜以為奉已之專也待方益厚犀談採餘

又

宋宣政宫中用龍涎沈腦和蠟為燭兩行列數百枝豔明而香溢鈞天所無也 闻見錄

又

樺桃皮可為燭而香唐人所謂朝天樺燭香是也

香燈

援神契曰古者祭祀有燔燎至漢武帝祀太乙始用香燈

燒香器

張伯雨有金銅舍利匣上刻云維梁貞明二年歲次丙子八月癸未朔二十日壬寅隨使都教練使右廂馬步都虞侯親軍左衛營都知兵馬使檢校尚書右僕射守崖州刺史御史大夫上柱國謝崇勳捨靈壽禪院蓋有四竅出烟有環若含鎖者是燒香器李商隱詩云金蟾齧鎖燒香入又云鎖香金屈戌是則燒香為驗其為燒香器之有鎖者研北襍志

欽定四庫全書

香乘卷十一

明 周嘉胄 撰

香事别録上

事有不附品不分類者於香為别録焉

香尉

漢雍仲子進南海香物拜雒陽尉人謂之香尉述異記

含嚼荷香

昭帝元始元年穿淋池植分枝荷一莖四葉狀如駢蓋

日炤則葉低蔭根莖若葵之衛足名低光荷實如玄珠可以飾珮芬馥之氣徹十餘里食之令人口氣常香益人肌理宮人貴之每遊宴出入必皆含嚼拾遺記

含異香行

石季倫使數十艷姬各含異香而行笑語之際則口氣從風而颺同上

好香四種

秦嘉貽妻好香四種洎寶釵素琴明鏡云明鏡可以鑒

形寶釵可以耀首芳香可以馥身素琴可以娛耳妻荅云素琴之作當須君歸明鏡之鑒當待君還未覩光儀則寶釵不列也未侍帷帳則芳香不發也書記洞筌

芳塵

石虎於大武殿前造樓高四十丈以珠為簾五色玉為珮每風至即驚觸似音樂響空中過者皆仰視愛之又屑諸異香如粉撒樓上風吹四散謂之芳塵獨異志

逆風香

竺法深孫興公共聽北來道人與支道林瓦官寺講小品北道屢設問疑林辯荅俱爽北道每屈孫問深公上人當是逆風家何以都不言深笑而不荅林曰白旃檀非不馥焉能逆風深夷然不屑 波利質國多香樹其香逆風而聞今反之云白旃檀非不香豈能逆風言深非不能難之正不必難也 世說新語

奩中香盡

宗超嘗露壇行道奩中香盡自然溢滿香烟爐中無火

烟自出（洪芻香譜）

令公香

荀彧為中書令好薰香其坐處常三日香人稱令公香亦曰令君香（襄陽記）

劉季和愛香

劉季和性愛香嘗如廁還輒過香爐上薰主簿張坦曰人言名公作俗人不虛也季和曰荀令君至人家坐席三日香坦曰醜婦效顰見者必走公欲坦遁去邪季和

大笑同上

媚香

張說攜麗正文章謁友生時正行宮中媚香號化樓臺友生焚以待說說出文置香上曰吾文享是香無忝徵文玉井

玉蕤香

柳宗元得韓愈所寄詩先以薔薇露灌手薰玉蕤香後發讀曰大雅之文正當如是好事集

桂蠹香

温庭筠有丹瘤枕桂蠹香

九和握香

郭元振落梅妝閣有婢數十人客至則拖鴛鴦擷裙衫一曲終則賞以糖雞卵取明其聲也宴罷散九和握香

敘聞錄

四和香

有修盛家月給焙笙炭五十斤用錦薰籠藉笙於上復

以四合香薰之（癸辛雜識）

千和香

峨嵋山孫真人然千和之香（三洞珠囊）

百蘊香

遠條館祈子焚以降神

香童

元載好賓客務於華侈器玩服用僭於王公而四方之士盡仰歸焉常於寢帳前雕矮童二人捧七寶博山爐

自暝焚香徹曙其驕貴如此天寶遺事

曝衣焚香

元載妻韞秀安置閒院忽因天晴之景以青紫絲條四十條各長三十丈皆施羅紈綺繡之服每條條下排金銀爐二十枚皆焚異香香至其服乃命諸親戚西院閒步韞秀問是何物侍婢對曰今日相公與夫人曬曝衣服杜陽雜編

瑤英啗香

元載寵姬薛瑤英攻詩書善歌舞仙姿玉質肌香體輕雖旋波摇光飛燕綠珠不能過也瑤英之母趙娟亦本岐王之愛妾後出為薛氏之妻生瑤英而幼以香啗之故肌香也元載處以金絲之帳却塵之褥同上

蜂蝶慕香

都下名妓楚蓮者國色無及每出則蜂蝶相隨慕其香天寶遺事

佩香非世所聞

蕭總遇巫山神女謂所衣之服非世所有所佩之香非世所聞入朝窮怪錄

貴香

牛僧孺作周秦行記云忽聞有異氣如貴香又云衣上香經十餘日不散

降仙香

上都安業坊唐昌觀有玉蕊花甚繁每發若瑶林瓊樹元和中有女仙降以白角扇障面直造花前異香芬馥

聞於數十步之外餘香不散者經月餘日時續博物志

仙有遺香

吳興沈彬少而好道及致仕恒以朝修服餌為事嘗遊郁木洞觀忽聞空中樂聲仰視雲際見女仙數十冉冉而下徑之觀中徧至像前焚香良久乃去彬匿室中不敢出仙既去彬入殿視之几案上有遺香悉取置爐中已而自悔曰吾平生好道今見神仙而不能禮謁得仙香而不能食之是其無分歟稽神錄

山水香

道士談紫霄有異術閩王昶奉之為師月給山水香焚之香用精沈上火半熾則沃以蘇合香油清異錄

三匀煎去聲

長安宋清以鬻藥致富嘗以香劑遺中朝縉紳題識器曰三匀煎焚之富貴清妙其法止龍腦麝末精沈等耳同上

異香劑

林邑占城闍婆交趾以𥙷出異香劑和而焚之氣韻不凡謂中國三匀四絶爲乞兒香同上

靈香膏

南海奇女盧眉娘煎靈香膏杜陽雜編

暗香

陳郡莊氏女精於女紅好弄琴每弄梅花曲聞者皆云有暗香人遂稱女曰莊暗香女因以暗香名琴清賞錄

花宜香

韓熙載云花宜香故對花焚香有風味相和其妙不可言者木犀宜龍腦酴醿宜沈水蘭宜四絶含笑宜麝薝蔔宜檀

透雲香

陳茂為尚書郎每書信印記曰玄山典記又曰玄山印擣朱饕澆麝酒閒則匣以鎮犀養以透雲香印書達數十里香不斷印刻胭脂木為之玄山記

暖香

寶雲溪有僧舍盛冬若客至則然薪火暖香一炷滿室如春人歸更取餘燼雲林異景志

伴月香

徐鉉每遇月夜露坐中庭但爇佳香一炷其所親私別號伴月香清異錄

平等香

清泰中荆南有僧貨平等香貧富不二價不見市香和合疑其仙者同上

燒異香被草負笈而進

宋景公燒異香於臺上有野人被草負笈扣門而進是為子韋世司天部（洪譜）

魏公香

張邦基云余在揚州遊石塔寺見一高僧坐小室中於骨董袋取香如芡實許炷之覺香韻不凡似道家嬰香而清烈過之僧笑曰此魏公香也韓魏公喜焚此香乃傳其法（墨莊漫錄）

漢宮香

其法自鄭康成魏道輔於相國寺庭中得之同上

僧作笑蘭香

吳僧罄宜作笑蘭香即韓魏公所謂濃梅山谷所謂藏春香也其法以沈為君雞舌為臣北苑之鹿秬鬯十二葉之英鉛華之粉柏麝之臍為佐以百花之液為使一炷如芡子許焚之油然鬱然若嗅九畹之蘭百畝之蕙也

鬭香會

中宗朝宗紀韋武間爲雅會各攜名香比試優劣曰鬭香會清異錄

聞思香

黃涪翁所取有聞思香蓋指内典中從聞思脩之義

狄香

狄香外國之香謂以香熏履也張衡同聲歌鞮芬以狄香鞮履也

香錢

三班院所領使臣八千餘人蒞事於外其罷而在院者常數百人每歲乾元醵錢飯僧進香以祝聖壽謂之香錢京師語曰三班喫香歸田錄

衙香

蘇文忠云今日於叔靜家飲官法酒烹團茶燒衙香皆北歸喜事蘇集

異香自内出

客來赴張功甫牡丹會云衆賓旣集坐一虛室寂無所聞有頃問左右云香已發未荅曰已發命捲簾則異香自内出郁然滿座（癸辛雜識外集）

小鬟持香毬

京師承平時宗室戚里歲時入禁中婦女上犢車皆用二小鬟持香毬在傍而車中又自持兩小香毬車馳過香烟如雲數里不絶塵土皆香（老學菴筆記）

香有氣勢

蔡京每焚香先令小鬟密閉戶牖以數十香爐燒之俟香烟滿室即捲正北一簾其香蓬勃如霧繚繞庭際京語客曰香須如此燒方有氣勢

留神香事

長安大興善寺徐理男楚琳平生留神香事莊嚴餅子供佛之品也峭兒延賓之用也旖旎丸自奉之等也檀那槩之曰琳和尚品字香清異錄

癖於焚香

袁象先判衢州時幕客謝平子癖於焚香至忘形廢事同僚蘇收戲刺一札伺其亡也而投之云鼎炷郎守馥州百和參軍謝平子同上

性喜焚香

梅學士詢在真宗時已為名臣至慶歷中為翰林侍讀以卒性喜焚香其在官所每晨起將視事必焚香兩爐以公服罩之撮其袖以出坐定撒開兩袖郁然滿室濃香歸田錄

燕集焚香

今人燕集往往焚香以娛客不惟相悅然亦有謂也黃帝云五氣各有所主惟香氣湊脾漢以前無燒香者自佛入中國然後有之楞嚴經云所謂純燒沈水無令見火此佛燒香法也癸辛雜識外集

焚香讀孝經

岑文敏淳謹有孝行五歲讀孝經必焚香正坐南史

燒香讀道書

江表傳有道士于吉來吳會立精舍燒香讀道書制作符水以療病三國志

焚香告天

趙清獻公平生日所為事夜必露香告天其不敢告者不敢為也言行錄

焚香熏衣

清獻好焚香尤喜熏衣所居既去輒數日香不滅嘗置籠設熏爐其下不絕烟多解衣投其上公既清端妙解

禪理宜其熏習如此也淑清錄

燒香左右

屢燒香左右令人魄正真誥經

夏月燒香

陶隱居云沈香熏陸夏月常燒此二物

焚香勿返顧

南岳夫人云燒香勿返顧忤真氣致邪應也真誥

焚香靜坐

人在家及外行卒遇飄風暴雨震電昏暗大霧皆諸龍經過入室閉戶焚香靜坐避之不爾損人（同上）

焚香告祖

戴弘正每得密友一人則書於簡編焚香告祖號為金蘭簿（宣武盛事）

燒香拒邪

地上魔邪之氣直上沖天四十里人燒青木香薰陸安息膠香於寢所拒濁臭之氣却邪穢之霧故天人玉女

太乙隨香氣而來洪譜

買香浴仙公

葛尚書年八十始有仙公一子時有天竺僧於市大買香市人怪問僧曰我昨夜夢見善思菩薩下生葛尚書家吾將此香浴之到生時僧至燒香右繞七匝禮拜恭敬沐浴而止仙公起居注

仙誕異香

呂洞賓初母就蓐時異香滿室天樂浮空仙佛奇蹤

昇天異香

許真君白日拔宅昇天百里之内異香芬馥經月不散 同上

空中有異香之氣

李泌少時能屏風上立熏籠上行道者云十五歲必白日昇天一旦空中有異香之氣音樂之聲李氏之親愛以巨杓颺濃蒜潑之香樂遂散 鄴侯外傳

市香媚婦

昔王池國有民面奇醜婦國色鼻𪖙婿乃求媚此婦終不肯迎顧遂往西域市無價名香而薰之還入其室婦既𪖙豈知分香臭哉金樓子

張俊上高宗香食香物

香圓香蓮木香丁香水龍腦鏤金香藥一行香藥木瓜香藥藤花砌香櫻桃砌香萱草拂兒紫蘇奈香砌香葡萄香蓮事件念珠甘蔗奈香砌香果子香螺煠肚玉香鼎二盖全香爐一香盒二香毬一出香一對武林舊事

貢奉香物

忠懿錢尚甫自國初至歸朝其貢奉之物有乳香金器香龍香象香囊酒甕諸什器等物（春明退朝錄）

香價踊貴

元城先生在宋杜門屏跡不妄交遊人罕見其面及沒耆老士庶婦人持香誦佛經而哭父老日數千人至塡社不得其門而入家人因設數大爐於廳下爭以香炷之香價踊貴（自警編）

卒時香氣

陶弘景卒時顔色不變屈伸如常香氣累日氤氲滿山（仙佛奇蹤）

燒香辟瘟

樞密王博文每於正旦四更燒丁香以辟瘟氣（瑣碎錄）

燒香引鼠

印香五文狼糞少許為細末同和匀於淨室内以爐燒之其鼠自至不得殺

茶墨俱香

司馬溫公與蘇子瞻論茶墨俱香是其德同也高齋漫錄

香與墨同關紐

邵安與朱萬初帖云深山高居鑪香不可缺退休之久佳品乏絶野人惟取老松柏之根枝葉實共擣治之斫楓肪羼和之每焚一丸亦足以助清苦今年大雨時行土潤溽暑特甚萬初至石門清晝然香空齋蕭寒遂為

一日之供良可喜也萬初本墨妙又兼香癖蓋墨之於香同一關紐亦猶書之與画謎之與禪也

水炙香

吳茱萸艾葉川椒杜仲乾木瓜木鱉南尾上松花仙家謂之水炙香

山林窮四和香

以荔枝殼甘蔗滓乾柏葉黄連和焚又或加松毬棗核梨皆妙

焚香寫圖

至正辛卯九月三日與陳徵君同宿愚菴師房焚香烹茗圖石梁秋瀑翛然有出塵之趣黄鶴山人寫其逸態云 王蒙題畫

香乘卷十一

欽定四庫全書

香乘卷十二

明 周嘉胄 撰

香事别録下

南方産香

凡香品皆産自南方南離位離主火火為土母火盛則土得養故沈水旃檀熏陸之類多産自嶺南海表土氣所鍾也内典云香氣湊脾火陽也故氣芬烈清暑筆談

南蠻香

訶陵國亦曰闍婆在南海貞觀時遣使獻婆律膏又驃古朱波也有川名思利毘離芮土多異香王宫設金銀二鐘冦至焚香擊之以占吉凶有巨白象高百尺訟者焚香自跽象前自思是非而退有災疫王亦焚香對象跽自咎無膏油以蠟雜香代炷又真臘國客至屑檳榔龍腦香蛤以進不飲酒唐書南蠻傳

香槎

番禺民忽於海傍得古槎長丈餘闊六七尺木理甚堅取為溪橋數年後有僧識之謂衆曰此非久計願捨衣鉢資易為石橋即求枯槎為薪衆許之得棧數千兩洪譜

天竺產香

獠人古稱天竺地產沈水龍涎炎徼紀聞

九里山採香

其山與滿剌加近產沈香黃熟香林木叢生枝葉茂翠永樂七年鄭和等差官兵入山採香得逕有香樹長六

七丈者六株香味清遠黑花細紋山中人張目吐舌言我天朝之兵威力若神星槎勝覽

阿魯國採香為生

其國與九州山相望自滿剌加順風三晝夜可至國人常駕獨木舟入海捕魚入山採氷腦香物為生同上

喃哾哩香

喃哾哩國名所產之降真香也同上

舊港產香

舊港古名三佛齊國地產沈香降香黄熟香速香同上

萬佛山香

新羅國獻萬佛山雕沈檀珠玉以爲之

㲉矢實香草

撒馬兒罕產㲉矢實香草可辟蠹

刻香木爲人

彭坑在暹羅之西石崖周匝崎嶇遠望山平四寨田沃米穀豐足氣候温和風俗尚怪刻香木爲人殺人血祭

禱求福禳災地產黃熟沈香片腦降香星槎勝覽

龍牙加貎產香

龍牙加貎其地離麻逸凍順風三晝夜程地產沈速降香同上

安南產香

安南國產蘇合油都梁香沈香雞舌香及釀花而成香者方輿勝略

敏真誠國產香

敏真誠國其俗日中為市產諸異香同上

回鶻產香

回鶻產乳香安息香松漠紀聞

安南貢香

安南貢薰衣香降真香沈香速香木香黑線香一統志

瓜哇國貢香

瓜哇國貢香有薔薇露琪楠香檀香麻藤香速香降香木香乳香龍腦香烏香黄熟香安息香同上

和香飲

小哇剌國戒飲酒恐亂性以諸花露和香蜜為飲

香味若蓮

花面國產香味若青蓮花同上

香代爨

黎洞之人以香代爨同上

塗香禮寺

祖法兒國其民如遇禮拜寺日必先沐浴用薔薇露或

沈香油塗其面方輿勝覽

腦麝塗體

占城祭天地以腦麝塗體同上

身上塗香

真臘國或稱占臘其國自稱曰甘孛智男女身上常塗香藥以檀麝等香合成家家皆修佛事真臘風土記

塗香為奇

緬甸為古西南夷不知何種男女皆和白檀麝香當歸

薑黃末塗於身及頭面以為奇一統志

偷香

僰人偶意者奔之謂之偷香炎徼紀聞

尋香人

西域稱娼妓曰尋香人均藻

香婆

宋都杭時諸酒樓歌妓闐集及有老姬以小爐炷香為供者為之香婆武林舊事

白香

化州產白香一統志

紅香

前輩戲筆云有西湖風月不如東華軟紅香土

碧香

碧香王晉卿家酒名詩註

玄香

薛稷封墨為玄香太守纂異記

觀香

王子喬妹名觀香小名錄

聞香

入芝蘭之室久而不聞其香國語

馨香

其德足以昭其馨香國語至治馨香感於神明尚書

飶香

有飶其香邦家之光詩經

國香

蘭有國香人服媚之左傳

夕香

同瓊佩之晨熖共金爐之夕香江淹集

薰爐

香烟也薰歇爐滅卓氏藻林

芬薰

花香也花芬薰而媚秀同上

寶熏

寶熏帳中香也同上

桂烟

桂烟起而清溢同上

蘭烟

麝火理珠蘭烟致熏初學記

蘭蘇香

蘭蘇香美人香帶也蘭蘇肸蠁雲藻林

繪馨

繪花者不能繪其馨鶴林玉露

旃檀片片香

瓊枝寸寸是玉旃檀片片皆香同上

前人不及花香

木犀山礬素馨茉莉其花之清婉皆不出蘭芷下而自唐以前墨客槧人曾未有一語及之者何也同上

焫蕭無香

古人之祭爇蕭酌鬱鬯取其香而今之蕭與爇何嘗有香蓋離騷已指蕭艾為惡草矣同上

香令松枯

朝真觀九星院有三賢松三株如古君子梁閣老妓英奴以麗水囊貯香遊之不數日松皆半枯事略

辯一木五香

異國所出皆無根柢如云一木五香根旃檀節沈香花雞舌葉藿香膠薰陸此甚謬旃檀與沈水兩木無異雞

舌即今丁香耳今藥品中所用者亦非藿香自是草葉南方至今董陸小木而大葉海南亦有董陸乃其謬也今謂之乳頭香五物互殊元非同類也墨客揮犀

又

梁元帝金樓子謂一木五香根檀節沈花雞舌膠熏陸葉藿香並誤也五香各自有種所謂五香一木即沈香部所列沈檖雞骨青桂馬蹄是矣

辯燒香

昔人於祭前焚柴升烟今世燒香於迎神之前用爐炭爇之近人多崇釋氏蓋西方出香釋氏動輒燒香取其清淨故作法事則焚香誦呪道家亦燒香解穢與吾教極不同今人祀夫子祭社稷於迎神之後奠帛之前三上香家禮無此郡邑或用之雲麓漫抄

意和香有富貴氣

賈天錫宣事作意和香清麗閒遠自然有富貴氣覺諸人家香殊寒乞天錫屢惠此香惟要作詩因以兵衛森

畫戟燕寢凝清香韻作十小詩贈之猶恨詩語未工未稱此香爾然余甚寶此香未嘗妄以與人城西張仲謀為我作寒計惠騏驥院馬通薪二百因以香二十餅報之或笑曰不與公詩為地耶應之曰人或能為人作祟豈若馬通薪使氷雪之辰令牛馬走皆有挾纊之温耶學詩三十年今乃大覺然見事亦太晚也山谷集

絕塵香

沈檀腦麝四合加以棋楠羅合滴乳蠡甲數味相合分

兩相勻煉蔗漿合之其香絕塵境而助清逸之興洞天清錄

心字香

番禺人作心字香用素馨茉莉半開者著淨器薄劈沈水香層層相間封日一易不待花蔫花過香成蔣捷詞云銀字箏調心字香燒范石湖驂鸞錄

清泉香餅

蔡君謨既為余書集古錄序刻石其字尤精勁為世所珍余以鼠鬚栗尾筆銅絲筆格大小龍茶惠山泉等物

為潤筆君謨大笑以為太清而不俗後月餘有人遺余以清泉香餅一篋者君謨聞之歎曰香餅來遲使我潤筆獨無此一種佳物茲又可笑也清泉地名香餅石炭也用以焚香一餅火可終日不絕歐陽文忠集

蘇文忠論香

古者以芸為香以蘭為芬以鬱鬯為祼以蕭脂為焚以椒為塗以蕙為熏杜蘅帶屈菖蒲薦文麝多忌而本羶蘇合若薌而實葷本集

右與范蔚宗和香序意同

香藥

坡公與張質夫札云公會用香藥皆珍物極為行商坐賈之苦蓋近造此例若奏罷之於陰德非小補予考紹聖元年廣東舶出香藥時好事創例他處未必然也 同上

香秉

沈檀羅穀腦麝之香郁烈芬芳苾茀絪縕螺甲龍涎腥極反馨荳蔻胡椒蓽撥丁香殺惡誅臊 郁離子

求名如燒香

人隨俗求名譬如燒香衆人皆聞其芳不知熏以自焚焚盡則氣滅名立則身絶同上

香喻鶴

鶴爲媒而香為餌鶴之貴香之重其寶於世以高潔清遠舍是為媒餌於人間鶴與香奚寶邪王百谷集

四戒香

不亂財手香不淫色體香不誑訟口香不嫉害心香常

奉四香戒於世得安樂 玉茗堂集

五名香

梁蕭撝詩云烟霞四熠葉風月五名香不知五名為何香

解脱知見香

解脱知見香即西天苾蒭草體性柔軟引蔓傍布馨香遠聞黄山谷詩云不念真富貴自熏知見香

太乙香

香為冷謙真人所製製甚虔甚嚴擇日煉香按向和劑

配天合地四氣五行各有所屬雞犬婦女不經聞見厥

功甚大焚之助清氣益神明萬善攸歸百邪遠遁蓋道

成後昇舉祕妙匪尋常焚爇具也其方藏金陵一家前

有真人自序後有羅文恭洪先跋余屢虔求祕不肯出

聊紀其功用如此以待後之有仙緣者採訪得之

香愈弱疾

玄參一斤甘松六兩為末煉蜜一斤和匀入瓶封閉地

中埋窨十日取出更用炭末六兩煉蜜六兩同和入瓶更窨五日取出燒之常令聞香弱疾自愈又曰初入瓶中封固煮一伏時破瓶取擣入蜜别以瓶盛埋地中窨過用亦可熏衣本草綱目

香治異病

孫兆治一人滿面黑色相者斷其死孫診之曰非病也乃因登溷感非常臭氣而得治臭無如至香令用沈檀碎劈焚於爐中安帳内以熏之明日面色漸别旬日如

故（證治準繩）

賣香好施受報

凌途賣香好施一日旦有僧負布囊攜木杖至謂曰龍鍾步多蹇寄店憩歇可否途乃設榻僧寢移時起曰略到近郊權寄囊杖僧去月餘不來取途潛啓囊有異香末二包氛氳破鼻其杖三尺本是黄金途得其香和衆香而貨人不遠千里來售乃致家富（葆光錄）

賣假香受報

華亭黃翁徙居東湖世以賣香爲生每往臨安江下收買甜頭甜頭香行俚語乃海南販到柏皮及藤頭是也歸家修事爲香貨賣黃翁一日駕舟欲歸夜泊湖口湖口有金山廟靈感人敬畏之是夜忽一人擒起黃翁連拳毆之曰汝何作業造假香時許得甦月餘而斃閒窗搜異

又

海鹽倪生每用雜木屑僞作印香貨賣一夜熏蚊蟲移火入印香内傍及諸物遍室烟迷而不能出人屋俱爲

灰燼上同

又

嘉興府周大郎每賣香時纔與人評值或疑其不中周即誓曰此香如不佳出門當為惡神撲死淳祐間忽經過府後橋如逢一物絆倒即扶持氣已絕矣上同

阿香

有人宿道傍一女子家一更時有人喚阿香忽驟雷雨明日視之乃一新塚韻府羣玉

埋香

孟蜀時築城獲瓦棺有石刻隋刺史張崇妻王氏銘曰

深深瘞玉鬱鬱埋香同上

墓中有非常香氣

陳金少為軍士私與其徒發一大塚見一白鬚老人面如生通身白羅衣衣皆如新開棺即有白氣衝天墓中有非常香氣金視棺蓋上有物如粉微作硫黄氣金掬取懷歸至營中人皆驚云今日那得有香氣金知硫黄

之異旦輒汲水服之至盡後復視棺中惟衣尚存如蟬蜕之狀稽神錄

死者燔香

墮波登國人死者乃以金釭貫於四肢然後加以波律膏及沈檀龍腦積薪燔之神異記

香起卒殮

嘉靖戊午倭寇閩中死亡無筭林龍江先生鬻田得若干金辦棺殮葬時夏月穢氣逆鼻役從難前請命龍江

龍江云汝到尸前高唱三教先生來了如語往香風四起一時卒殮亦異也

香乘卷十二

總校官進士臣程嘉謨

校對官編修臣周厚轅

謄錄監生臣漆炳文

明·周嘉胄 撰

香乘

（二）

中国书店

詳校官候補知縣臣楊懋珩

欽定四庫全書

香乘卷十三

明 周嘉胄 撰

香緒餘

香字義

說文曰氣芬芳也篆從黍從甘徐鉉曰稼穡作甘黍甘作香隸作香又薌與香同春秋傳曰黍稷馨香凡香之屬皆從香

香之遠聞曰馨 香之美曰⿰香使 音使

香之氣曰馦 火兼反

曰馣 音淹 曰馧 於云反 曰馥 扶福反

曰⿰香蓋 音愛 曰⿰香㡀 方滅反 曰馪 音賓

曰馢 音餞 曰馛 步末反 曰馝 音弼

曰⿰香㡀 上同 曰馞 音悖 曰馠 天含反

曰馩 音焚 曰馚 上同 曰⿰香麻 奴昆反

曰⿰香旁 音彭⿰香旁大香 曰⿰香孚 他胡反 曰⿰香奇 音倚

曰馜音你　曰䭯普沒反　曰䭱潚結反

曰馝普滅反　曰𩡧烏孔反　曰馦音歀

曰馡甫微切　曰馨音歆　曰馠音含馠馠香也

曰馪毗招切　曰䭳魚胃切

十二香名義

吳門于永錫專好梅花吟十二香詩今錄其香名

清異錄

萬選香 拔枝剪折遴揀繁種

冰玉香 清水玉缸參差如雪

二色香 帷幔深置 脂粉同妍　自得香 簾幙窺蔽 獨享馥然

撲凸香 巧插鴉鬟 妙麗無比　筭來香 採折湊然 計多受賞

富貴香 簪組共賞 金玉輝暎　混沌香 夜室映燈 暗中拂鼻

盜跖香 就樹臨瓶 至誠竊取　君子香 不假風力 芳譽遠聞

一寸香 醉藏懷袖 馨聞斷續　使者香 專使貢持 臨門遠送

十八香喻士

王十朋有十八香詞廣其義喻之以士

異香牡丹稱國士　温香芍藥稱冶士

國香蘭稱芳士　天香桂稱名士

暗香梅稱幽士　冷香菊稱高士

韻香荼䕷稱逸士　妙香薝蔔稱開士

雪香梨稱爽士　細香竹稱曠士

嘉香海棠稱儁士　清香蓮稱潔士

梵香茉莉稱貞士　和香含笑稱緊士

奇香臘梅稱異士　寒香水仙稱奇士

柔香丁香稱佳士　闡香瑞香稱勝士

南方花香

南方花皆可合香如茉莉闍提佛桑渠那花本出西域佛書所載其後傳本來閩嶺至今遂盛又有大含笑花素馨花就中小含笑花香尤酷烈其花常若菡萏之未放者故有含笑之名又有麝香花夏開與真麝香無異又有麝香木亦類麝香氣此等皆畏寒故北地莫能植也或傳美家香用此諸花合香

温子皮云素馨茉莉摘下花蕊香才過即以酒噀之復

香凡是生香蒸過爲佳每四時遇花之香者皆以次蒸之如梅花瑞香酴醾梔子茉莉木犀及橙橘花之類皆可蒸他日爇之則群花之香畢備

花熏香訣

用好降真香結實者截斷約一寸許利刀劈作薄片以豆腐漿煮之候水香去水又以水煮至香味去盡取出再以末茶或葉茶煮百沸濾出陰乾隨意用諸花熏之其法用淨尾缶一箇先花一層鋪香片一層又鋪花片

及香片如此重重鋪蓋了以油紙封口飯甑上蒸少時取起不可解開待過數日以燒之則香氣全美或以舊竹壁簣依上煮製代降真採橘葉擣爛代諸花熏之其香清古若春時曉行山徑所謂草木真天香者殆此之謂與

橙柚蒸香

橙柚爲蒸香皆以降香爲骨去其風性而重入焉各有製法而素馨之熏最佳稗史彙編

香草名釋

遁齋閒覽云楚辭所詠香草曰蘭曰蓀曰茝曰葯曰藚曰芷曰荃曰蕙曰蘼蕪曰茳蘺曰杜若曰杜蘅曰藒車曰蒥荑其類不一不能盡識其名狀識者但一謂之香草而已其間亦有一物而備數名亦有與今人所呼不同者如蘭一物傳謂其有國香而諸家之說但各以已見自相非毀莫辨其真或以為都梁或以為澤蘭或以為蘭草今當以澤蘭為正山中又有一種葉大如麥門

冬春開花極香此别名幽蘭也蓀則溪澗中所生今人所謂石菖蒲者然實非菖蒲葉柔脆易折不若蘭蓀葉堅韌雜小石清水植之盆中久而愈鬱茂可愛茝葯虈芷雖有四名止是一物今所謂白芷是也蕙即零陵草也蘼蕪即芎藭苗也一名蘪蘺杜若即山薑也杜蘅今人呼為馬蹄香惟荃與藒車蒥荑終莫窮識騷人類以香草比君子耳他日求田問舍當遍求其本刈植欄檻以為楚香亭欲使芬芳滿前終日幽對想見騷人之雅

趣以寓意耳

通志草木略云蘭即蕙蕙即薰薰即零陵香楚辭云滋蘭九畹植蕙百畝互言也古方謂之薰草故名醫別錄出薰草條近方謂之零陵香故開寶本草出零陵香條神農本經謂之蘭余昔修之本草以二條貫於蘭後明一物也且蘭舊名煎澤草婦人和油澤頭故名焉南越志云零陵香一名燕草又名薰草即香草生零陵山谷今湖嶺諸州皆有又別錄云薰草一名蕙草明薰蕙之

為蘭也以其質香故可以為膏澤可以塗宮室近世一
種草如茅香而嫩其根謂之土續斷其花馥郁故得名
誤為人所賦詠澤芬曰白芷曰白茝曰虈曰莞曰苻蘺
楚人謂之葯其葉謂之蒿與蘭同德俱生下濕
澤蘭曰虎蘭曰龍棗蘭曰虎蒲曰水香曰都梁香如蘭
而莖方葉不潤生於水中名曰水香
茈胡曰地熏曰山菜曰葭草葉曰芸蒿味辛可食生於
銀夏者芬馨之氣射於雲霄間多白鶴青鸞翱翔其上

瑣碎錄云古人藏書辟蠹用芸芸香草也今七里香是
也南人採置席下能去蚤虱香草之類大率異名所謂
蘭蓀即菖蒲也蕙今零香也茝白芷也
朱文公離騷注云蘭蕙二物本草言之甚詳大抵古之
所謂香草必其花葉皆香而燥濕不變故可刈而為佩
今之所謂蘭蕙則其花雖香而葉乃無氣其香雖美而
質弱易萎非可刈佩也
四卷都梁香內蘭草蘭澤余辯之審矣茲復捃拾諸

論似贅而欲其該備自不避其繁瑣也

修製諸香

飛樟腦

樟腦一兩兩琖合之以濕紙糊縫文武火熁半時取起候冷用之次將樟腦不拘多少研細篩過細劈拌匀捩薄荷汁少許洒土上以淨盌相合定濕紙條固四縫甑上蒸之腦子盡飛上盌底皆成氷片

樟腦石灰等分用研極細用無油銚子貯之磁盌蓋定

四面以紙固濟如法勿令透氣底下用木炭火煅少時
取開其腦子已飛在盌蓋上用雞翎掃下稱再與石灰
等分如前煅之凡六七次至第七次可用慢火煅一日
而止掃下腦又杉木盒子鋪在内以乳汁浸二宿固濟
口不令透氣掘地四五尺窨一月不可入藥又朝腦一
兩滑石二兩一處同研入新銚子内文武火煅之上用
一磁器皿蓋之自然飛在蓋上其味奪真同上

篤耨製

篤耨白黑相雜者用瓷盛上飯甑蒸之白浮於面黑沈於下瑣碎錄

乳香製

乳香尋常用指甲燈艸糯米之類同研及水浸鉢研之皆費力惟紙裹置壁隙中良久取研即粉碎矣

又法於乳鉢下着水輕研自然成末或於火上紙裹略烘同上

麝香製

研麝香須著少水自然細不必羅也入香不宜多用及供神佛者去之

龍腦製

龍腦須别器研細不可多用多則掩奪衆香 沈譜

檀香製

須揀真者剉如米粒許慢火煿令烟出紫色斷腥氣即止每紫檀一斤薄作片子好酒二升以慢火煑乾略煿

檀香劈作小片臈茶清浸一宿控出焙乾以蜜酒同拌

令匀再浸慢火炙乾

檀香細剉水一升白蜜半斤同入鍋内煮五七十沸控出焙乾

檀香砍作薄片子入蜜拌之淨器炒如乾旋旋入蜜不住手攪動勿令炒焦以黑褐色為度俱沈譜

沈香製

沈香細剉以絹袋盛懸於銚子當中勿令著底蜜水浸慢火煮一日水盡更添今多生用

藿香製

凡藿香甘草零陵之類須揀去枝梗雜草曝令乾燥揉碎揚去塵土不可用水盪損香

茅香製

茅香須揀好者剉細以酒蜜水潤一夜炒令黃燥爲度

甲香製

甲香如龍耳者好自餘小者次也取一二兩先用炭汁一盌煮盡後用沈煮方同好酒一琖煮盡入蜜半匙炒

如金色

黄泥水煮令透明逐片淨洗焙乾

炭灰煮兩日淨洗以蜜湯煮乾

甲香以米泔水浸三宿後煮煎至赤沫頻沸令盡泔清

為度入好酒一琖同煎良久取出用火炮色赤更以好

酒一琖潑地安香於潑地上盆蓋一宿取出用之

甲香以漿水泥一塊同浸三日取出候乾刷去泥更入

漿水一盌煮乾為度入好酒一琖煮乾於銀器内炒令

黃色

甲香以及煮去膜好酒煮乾

甲香磨去齟齬以胡麻膏熬之色正黃則用蜜湯洗淨

入香宜少用

鍊蜜

白沙蜜若干綿濾入磁罐油紙重疊蜜封罐口大釜内

重湯煮一日取出就罐於炭火上煨煎數沸使出盡水

氣則經年不變若每斤加蘇合油二兩更妙或少入朴

硝除去窨氣尤佳不可太過過即濃厚和香多不匀

煅炭

凡治香用炭不拘黑白熏煅作火罨於窨器令定一則去炭中生薪二則去炭中襍穢之物

煼香

煼香宜慢火如火緊則焦氣　沈譜

合香

合香之法貴於使衆香咸為一體麝滋而散撓之使匀

沈實而腴碎之使和檀堅而燥揉之使膩比其性等其物而高下之如醫者之用藥使氣味各不相掩香史

擣香

香不用羅量其精粗擣之使匀太細則烟不永太粗則氣不和若氷麝波律硝別器研之同上

收香

氷麝忌暑波律忌濕尤宜護持香雖多須置之一器貴時得開闔可以診視同上

窨香

香非一體濕者易和燥者難調輕軟者然速重實者化遲火錬結之則走泄其氣故必用淨器拭極乾貯窨令密掘地藏之則香性相入不復離羣新和香必須入窨貴其燥濕得宜也每約香多少貯以不津磁器蠟紙密封於淨室中掘地窞深三五寸瘞月餘逐旋取出其香尤醖醲也沈譜

焚香

焚香必於深房曲室用矮卓置爐與人膝平火上設銀葉或雲母製如盤形以之襯香香不及火自然舒慢無烟燥氣 香史

熏香

凡欲熏衣置熱湯於籠下衣覆其上使之霑潤取去則以爐爇香熏畢疊衣入笥篋隔宿衣之餘香數日不歇 洪譜

燒香器

香爐

香爐不拘金銀銅玉錫瓦石各取其便用或作狻猊獅象鳬鵞之類計其人之當作頂貴穹窿可泄火氣置竅不用太多使香氣回薄則能耐久

香盛

盛即盒也其所盛之物與爐等以不生澁枯燥者皆可仍不用生銅之易腥漬

香盤

用深中者以沸湯瀉中令其蓊鬱然後置爐其上使香易著物

香匕

平灰置火則必用圓者移香抄末則必用鋭者

香筯

和香取香總宜用筯

香壺

或範金或埏土為之用藏匕筯

香鬘

窨香用之深中而掩上

香範

鏤木以為之以範香塵為篆文然於飲席或佛像前往往有至二三尺者

右顔史所載當時尚自草草若國朝宣爐敞盒矮筯等器精妙絶倫惜不令雲龕居士賞之

古人茶用香料印作龍鳳團香爐製狻猊鳧鴨形以

口出香古今去取若此之不侔也

香乘卷十三

欽定四庫全書

香乘卷十四

明 周嘉胄 撰

法和衆妙香 一

漢建寧宮中香 沈

黄熟香四斤 白附子二斤 丁香皮五兩 藿香葉四兩 零陵香四兩 檀香四兩 白芷四兩 茅香二斤 茴香二兩 甘松半斤 乳香一兩另研 生結香四兩 棗半斤焙乾 又方入蘇合油一兩

右為細末煉蜜和匀窨月餘作丸或餅爇之

唐開元宮中香

沉香二兩細剉以絹袋盛懸于銚子當中勿令着底蜜水浸慢火煮一日　檀香二兩清茶浸一宿炒令無檀香氣味　龍腦二錢另研　麝香二錢　甲香一錢　馬牙硝一錢

右為細末煉蜜和匀窨月餘取出旋入腦麝丸之爇如常法

宮中香一

檀香八兩劈作小片臈茶清浸一宿取出焙乾再以酒蜜浸一宿慢火炙乾　沈香三兩

生結香四兩　甲香一兩　龍麝各半兩另研

右為細末生蜜和勻貯磁器地窨一月旋丸爇之

宮中香二

檀香十二兩細剉水一升白蜜半斤同煮五七十沸控出焙乾　零陵香三兩　藿香三兩

甘松三兩　茅香三兩　生結香四兩　甲香三兩法製

黃熟香五兩煉蜜一兩拌浸一宿焙乾　龍麝各一錢

右為細末煉蜜和勻磁器封窨二十日旋爇之

江南李主帳中香

沉香一兩剉如炷大　蘇合油以不津磁器盛

右以香投油封浸百日爇之入薔薇水更佳

又方一

沉香一兩剉如炷大　鵞梨一箇切碎取汁

右用銀器盛蒸三次梨汁乾即可爇

又方二

沉香四兩　檀香一兩　麝香一兩　蒼龍腦半兩　馬牙香一分研

右細剉不用羅煉蜜拌和燒之

又方 補遺

沈香末一兩 檀香末一錢 鵝梨十枚

右以鵝梨刻去穰核如甕子狀入香末仍將梨頂簽蓋蒸三沸去梨皮研和令匀久窨可爇

宣和御製香

沈香七錢剉如麻豆大 檀香三錢剉如麻豆大炒黃色 金顏香二錢另研

背陰草不近土者如無則用浮萍 硃砂各二錢半飛 龍腦一錢另研 麝香另研

丁香各半錢　甲香一錢製

右用皁兒白水浸軟以定盌一隻慢火熬令極軟和香得所次入金顔腦麝研勻用香脫印以朱砂為衣置於不見風日處窨乾燒如常法

御爐香

沈香二兩細剉以絹袋盛之懸於銚中勿著底蜜水浸一盌慢火煮一日水盡更添

檀香一兩切片以臘茶清浸一宿稍焙乾　甲香一兩製　生梅花龍腦二錢另研

麝香一錢另研　馬牙硝一錢

右擣羅取細末以蘇合香油拌和令勻磁盒封窨一月許入腦麝作餅爇之

李次公香 武

棧香不拘多少剉如米粒大 腦麝各少許

右用酒蜜同和入磁礶密封重湯煮一日窨一月

趙清獻公香

白檀香四兩劈碎 乳香纏末半兩研細 玄參六兩温湯浸洗慢火煮軟薄切作片焙乾

右碾取細末以熟蜜拌勻令入新磁礶內封窨十日

爇如常法

蘇州王氏幃中香

檀香一兩直剉如米豆大不可斜剉以臈茶清浸令没過一日取出窨乾慢火炒紫 沉香二錢直剉 乳香一錢另研 龍腦另研 麝香各一字另研清茶化開

右為末淨蜜六兩同浸檀茶清更入水半盞熬百沸復秤如蜜數為度候冷入麩炭末三兩與腦麝和勻貯磁器封窨如常法旋丸爇之

唐化度寺衙香 洪譜

沈香一兩半 白檀香五兩 蘇合香一兩 甲香一兩煮 龍腦半兩

麝香半兩

右香細剉擣為末用馬尾篩羅煉蜜搜和得所用之

楊貴妃幃中衙香

沈香七兩二錢 棧香五兩 雞舌香四兩 檀香二兩 麝香八錢另研 藿香六錢

零陵香四錢 甲香二錢法製 龍腦香少許

右擣羅細末煉蜜和勻丸如豆大爇之

花蕊夫人衙香

沉香三兩　棧香三兩　檀香一兩　乳香一兩　龍腦半錢另研香成旋入
甲香一兩法製　麝香一錢另研香成旋入

右除龍腦外同搗末入炭皮末朴硝各一錢生蜜拌匀入磁盒重湯煑十數沸取出窨七日作餅爇之

雍文徹郎中衙香洪譜

沉香　檀香　甲香　棧香各一兩　黄熟香一兩半
龍腦　麝香各半兩

右件擣羅為末煉蜜拌和匀入新磁器中貯之密封

地中一月取出用

蘇内翰貧衙香 沈

白檀 四兩砍作薄片以蜜拌之淨器内炒如乾旋旋入蜜不住手攪黑褐色止勿焦

乳香 五皁子大以生絹裹之用好酒一琖同煮候酒乾至五七分取出

麝香 一字

右先將檀香杵粗末次將麝香細研入檀又入麩炭細末一兩借色與玄乳同研合和令勻煉蜜作劑入磁器實按密封地埋一月用

錢唐僧日休衙香

紫檀四兩 沈水香一兩 滴乳香一兩 麝香一錢

右擣羅細末煉蜜拌和令勻丸如豆大入磁器久窨

可爇

金粟衙香 洪

梅臈香一兩 檀香一兩臈茶煮五七沸二香同取末 黃丹一兩 乳香三錢

片腦一錢 麝香一字研 杉木炭五錢為末秤 淨蜜二兩半

右將蜜於堝器密封重湯煮滴水中成珠方可用與

香末拌勻入臼杵百餘作劑窨一月分爇

衙香一

沈香半兩　白檀香半兩　乳香半兩　青桂香半兩　降眞香半兩

甲香半兩製過　龍腦香一錢另研　麝香一錢另研

右擣羅細末煉蜜拌匀次入龍腦麝香搜和得所如

常爇之

衙香二

黄熟香五兩　棧香五兩　沈香五兩　檀香三兩　藿香三兩

零陵香三兩　甘松三兩　丁皮三兩　丁香一兩半　甲香三兩製

乳香半兩 硝石三分 龍腦三錢 麝香一兩

右除硝石龍腦乳麝同研細外將諸香擣羅為散先量用蘇合香油并煉過好蜜二斤和匀貯垍器埋地中一月取爇

衙香三

檀香五兩 沈香四兩 結香四兩 藿香四兩 零陵香四兩

甘松四兩 丁香皮一兩 甲香二錢 茅香四兩燒灰 腦麝各五分

右為細末煉蜜和匀燒如常法

衙香四

生結香三兩 棧香三兩 零陵香三兩 甘松三兩 藿香葉一兩

丁香皮一兩 甲香一兩製過 麝香一錢

右為粗末煉蜜放冷和勻依常法窨過爇之

衙香五

檀香三兩 玄參三兩 甘松二兩 乳香半斤另研 龍腦半兩另研 麝香半兩另研

右先將檀參剉細盛銀器內水浸火煎水盡取出焙

乾與甘松同擣羅為末次入乳香末等一處用生蜜

和匀久窨然後爇之

衙香 六

檀香十二兩剉茶清炒 沈香六兩 棧香六兩 馬牙硝六錢 龍腦三錢 麝香一錢 甲香六錢用炭灰煮兩日淨洗再以蜜湯煮乾 蜜比香片子量用

右為末研入龍麝蜜搜令匀爇之

衙香 七

紫檀香四兩酒浸一晝夜焙乾 零陵香半兩 川大黄一兩切片以甘松酒浸煑焙 玄參半兩以甘松同酒焙 白檀二錢半 棧香二錢半 酸棗仁五枚

右為細末白蜜十兩微煉和勻入不津磁盒封窨半月取出旋丸爇之

衙香八

白檀香八兩細劈作片子以臘茶清浸一宿控出焙令乾用蜜酒中拌令得所再浸一宿慢火焙乾

沉香三兩　生結香四兩　甲香一兩先用灰煮次用一生土煮次用酒蜜煮漉出用

龍腦半兩　麝香半兩

右將龍麝另研外諸香同搗羅入生蜜拌勻以甆礶貯窨地中月餘取出用

衙香武

茅香二兩去雜草塵土玄參二兩薤根大者

黃丹四兩細研已上三味和擣篩揀過炭末半斤令用油紙羅裹窨一兩宿用夾沈棧香四兩

紫檀香四兩丁香一兩五錢去梗已上三味擣末滴乳香一錢半細研

真麝香一錢半細研

蜜二斤春夏煮煉十五沸秋冬煮煉十沸取出候冷方入棧香等五味攪和次以硬炭末二斤拌捜入臼杵匀久窨方爇

延安郡公蕊香洪譜

玄參半斤淨洗去塵土於銀器中水煮令熟控乾切入銚中慢火炒令微烟出

甘松四兩細剉揀去雜草塵土秤　白檀香二兩剉　麝香二錢顆者俟別藥成末方入研

滴乳香二錢細研同麝入

右並用新好者杵羅為末煉蜜和勻丸如雞頭大每

香末一兩入熟蜜一兩末丸前再入臼杵百餘下油

紙封貯磁器中旋取燒之作花香

嬰香武

沈水香三兩 丁香四錢 製甲香一錢各末之 龍腦七錢研

麝香三錢去皮毛研 旃檀香半兩一方無

右五味相和令勻入煉白蜜六兩去末入馬牙硝末半兩綿濾過極冷乃和諸香令稍硬丸如芡子扁之磁盒密封窨半月

香譜補遺云昔沈推官者因嶺南押香藥綱覆舟於江上幾壞官香之半因刮治脫落之餘合為此香而鬻於京師豪家貴族爭而市之遂償值而歸故又名曰償值香本出漢武內傳

道香出神仙傳

香附子四兩去鬚　藿香一兩

右二味用酒一升同煮候酒乾至一半為度取出陰乾為細末以查子絞汁拌和令匀調作膏子或為薄餅燒之

韻香

沈香末一兩　麝香末二錢

稀糊脫成餅子窨乾燒之

不下閣新香

棧香一兩 丁香一錢 檀香一錢 降真香一錢 甲香一字

零陵香一字 蘇合油半字

右為細末白芨末四錢加減水和作餅如龍眼大作

一炷

宣和貴妃王氏金香售用錄

古臘沈香八兩 檀香二兩 牙硝半兩 甲香半兩製 金顏香半兩

丁香半兩 麝香一兩 片白腦子四兩

右為細末煉蜜先和前香後入腦麝為丸大小任意以金箔為衣爇如常法

壓香 補

沈香二錢半 腦子二錢與沈香同研 麝香一錢另研

右為細末棗兒煎湯和劑捻餅如常法玉錢襯燒

古香

柏子仁二兩每箇分作四片去仁膔茶二錢沸湯半盞浸一宿重湯煮焙令乾 甘松蕊一兩

檀香半兩 金顏香三兩 韶腦二錢

右為末入楓香脂少許蜜和如常法窨燒

神仙合香沈譜

玄參十兩 甘松十兩去土 白蜜加減用

右為細末白蜜和令勻入磁礶內密封湯釜煮一伏時取出放冷杵數百如乾加蜜和勻窨地中旋取入麝香少許焚之

僧惠深濕香

地榆一斤 玄參一斤米泔浸二宿 甘松半斤 白茅一兩

白芷一兩蜜四兩河水一盌同煮水盡為度切片焙乾

右為細末入麝香一分煉蜜和劑地窨一月旋丸爇

之

供佛濕香

檀香二兩 棧香一兩 藿香一兩 白芷一兩 丁香皮一兩

甜參一兩 零陵香一兩 甘松半兩 乳香半兩 硝石一分

右件依常法修治碎剉焙乾擣為細末別用白茅香

八兩碎劈去泥焙乾燒之焰將絶急以盆蓋手巾圍

盆口勿令洩氣放冷取茅香灰擣末與前香一處逐旋入經煉好蜜相和重入臼擣軟硬得所貯不津器中旋取燒之

久窨濕香 武

棧香 四兩生　乳香 七兩揀淨　甘松 二兩半　茅香 六兩剉

香附 一兩揀淨　檀香 一兩　丁香皮 一兩　黄熟香 一兩剉

藿香 二兩　零陵香 二兩　玄參 二兩揀淨

右為粗末煉蜜和匀焚如常法

濕香 沈

檀香一兩一錢 乳香一兩一錢 沈香半兩 龍腦一錢 麝香一錢 桑柴灰二兩

右為末銅筩盛蜜於水鍋內煮至赤色與香末和勻石板上槌三五十下以熟麻油少許作丸或餅爇之

清神濕香 補

芎須半兩 藁本半兩 羌活半兩 獨活半兩 甘菊半兩 麝香少許

右同為末煉蜜和劑作餅爇之可愈頭風

清遠濕香

甘松二兩去枝 茅香二兩棗肉研為膏浸焙 玄參半兩細者炒黑 降真香半兩

三柰子半兩 香附子半兩去須微炒 白檀香半兩 韶腦半兩

丁香一兩 麝香二錢

右為細末煉蜜和勻磁器封窨一月取出捻餅爇之

日用供神濕香 新

乳香一兩研 蜜一斤煉 乾杉木燒麸炭細節

右同和窨半月許取出切作小塊子日用無大費其清芬勝市貨者

香乘卷十四

欽定四庫全書

香乘卷十五

明　周嘉冑　撰

法和衆妙香　二

丁晉公清真香　武

歌曰四兩玄參二兩松麝香半分蜜和同圓如彈子金爐爇還似千花噴曉風

又清室香減去玄參三兩

清真香 新

麝香檀一兩 乳香一兩 乾竹炭四兩帶性燒

右為細末煉蜜搜或厚片切作小片子磁盒封貯土

中窨十日慢火爇之

清真香 沈

沈香二兩 櫰香三兩 檀香三兩 零陵香三兩 藿香三兩

玄參一兩 甘草一兩 黃熟香四兩 甘松一兩半 腦麝各一錢

甲香二兩半泔浸二宿同煮油盡以清為度後以酒澆地上置蓋一宿

右為末入腦麝拌匀白蜜六兩煉去沫入焰硝少許攪和諸香丸如雞頭子大燒如常法久窨更佳

黃太史清真香

柏子仁二兩 甘松蕊一兩 白檀香半兩 桑木麩炭末三兩

右細末煉蜜和丸磁器窨一月燒如常法

清妙香 沈

沈香二兩剉 檀香二兩剉 龍腦一分 麝香一分另研

右細末次入腦麝拌匀白蜜五兩重湯煑熟放温更

入焰硝半兩同和磁器窨一月取出爇之

清神香

玄參一斤 臈茶四胯

右為末以糖水溲之地下久窨可爇

清神香 武

青木香半兩生切蜜浸 降真香一兩 白檀香一兩 香白芷一兩

右細末用大丁香二箇槌碎水一盞煎汁浮萍草一

掬擇洗淨去鬚研碎裂汁同丁香汁和勻溲拌諸香

候匀入臼杵數百下為度捻作小餅子陰乾如常法

爇之

清遠香 局方

甘松十兩 零陵香六兩 茅香七兩局方六兩 麝香末半兩 玄參五兩揀淨

丁香皮五兩 降真香係紫藤香已上三味局方六兩 藿香三兩

香附子三兩揀淨局方十兩 香白芷三兩

右為細末煉蜜溲和令匀捻餅或末爇之

清遠香 沈

零陵香　藿香　甘松　茴香　沉香　檀香

丁香各等分

右為末煉蜜丸如龍眼核大加龍腦麝香各少許尤

妙爇如前法

清遠香補

甘松一兩　丁香半兩　玄參半兩　番降香半兩　麝香木八錢

茅香七錢　零陵香六錢　香附子三錢　藿香三錢　白芷三分

右為末蜜和作餅燒窨如常法

清遠香 新

甘松四兩 玄參二兩

右為細末入麝香一錢煉蜜和勻如常爇之

汴梁太一宫清遠香

柏鈴一斤 茅香四兩 甘松半兩 澱青二兩

右為細末以肥棗半斤蒸熟研如泥拌和令勻丸如

芡實大爇之或煉蜜和劑亦可

清遠膏子香

甘松一兩去土　茆香一兩去土炒黃　藿香半兩　香附子半兩　零陵香半兩

玄參半兩　麝香半兩另研　白芷七錢半　丁皮三錢　麝香檀四兩即紅兜婁

大黃二錢　乳香二錢另研　棧香三錢　米腦二錢另研

右為細末煉蜜和勻散燒或捻小餅亦可

邢太尉韻勝清遠香　沈

沈香半兩　檀香二錢　麝香半錢　腦子三字

右先將沈檀為末次入腦麝鉢內研極細別研入金

顏香一錢次加蘇合油少許仍以皁兒仁二三十箇

水二戔熬皁兒水候粘入白芨末一錢同上件香料加成劑再入茶碾貴得其劑和熟隨意脫造花子香先用蘇合香油或麪刷過花脫然後印劑則易出

内府龍涎香補

沈香　檀香　乳香　丁香　甘松　零陵香

丁香皮　白芷各等分　龍腦　麝香各少許

右為細末熱湯化雪梨糕和作小銷脫花燒如常法

王將明太宰龍涎香沈

金顔香一兩另研　石脂一兩為末須西出者食之口澁生津者是　龍腦半錢生

沈檀各一兩半為末用水磨細再研　麝香半錢絶好者

右為末皁兒膏和入模子脫花樣陰乾爇之

楊吉老龍涎香　武

沈香一兩　紫檀即白檀中紫色者半兩　甘松一兩去土揀淨　腦麝各二分

右先以沈檀為細末甘松别碾羅候研腦麝極細入甘松内三味再同研分作三分將一分半入沈香末中和合匀入磁瓶密封窨一宿又以一分用白蜜一

兩半重湯煮乾至一半放冷入藥亦窨一宿留半分至調合時摻入彼勻更有蘇合油薔薇水龍涎別研再搜為餅子或搜勻入磁盒內握地坑深三尺餘窨一月取出方作餅子若更少入製過甲香尤清絕

亞里木吃蘭脾龍涎香

蠟沈二兩薔薇水浸一宿研細　龍腦二錢另研　龍涎香半錢

共為末入沈香泥捻餅子窨乾爇

龍涎香一

沈香十兩 檀香三兩 金顔香二兩 麝香一兩 龍腦二兩

右為細末皁子膠脫作餅子尤宜作帶香

龍涎香二

檀香二兩紫色好者剉碎用鵞梨汁并好酒半琖浸三日取出焙乾

甲香八十粒用黃泥煮二三沸洗淨油煎亦為末 沈香半兩切 生梅花腦子一錢

麝香一錢各另研

右為細末以浸沈梨汁入好蜜少許拌和得所用瓶盛窨數日於密室無風處厚灰蓋火燒一炷妙甚

龍涎香三

沉香一兩 金顏香一兩 篤耨皮一錢半 龍腦一錢 麝香半錢研

右為細末白芨末糊和劑同模範脫成花陰乾以牙齒子去不平處爇之

龍涎香四

沉香一斤 麝香五錢 龍腦二錢

右以沉香為末用碾成膏麝用湯研化細汁入膏内次入龍腦研匀捻作餅子燒之

龍涎香 五

丁香半兩 木香半兩 肉荳蔻半兩 官桂七錢 甘松七錢

當歸七錢 零陵香三分 藿香三分 麝香一錢 龍腦少許

右為細末煉蜜和丸如梧桐子大磁器收貯捻扁亦

可

南蕃龍涎香 又名勝芬積

木香半兩 丁香半兩 藿香七錢半曬乾 零陵香七錢半

香附二錢半鹽水浸一宿焙 檳榔二錢半 白芷二錢半 官桂二錢

肉荳蔻二箇 麝香三錢 別本有甘松七錢

右為末以蜜或皁兒水和劑丸如芡實大爇之

又方 與前頗小異兩存之

木香二錢半 丁香二錢半 藿香半兩 零陵香半兩 檳榔二錢半

香附子一錢半 白芷一錢半 官桂一錢 肉荳蔻一箇 麝香一錢

沉香一錢 當歸一錢 甘松半兩

右為末煉蜜和匀用模子脫花或捻餅子慢火焙稍

乾帶潤入磁盒久窨絕妙煎可服三錢餅茶酒任下

大治心腹痛理氣寛中

龍涎香補

沈香一兩　檀香半兩臈茶煮　金顏香半兩　篤耨香一錢　白芨末三錢

腦麝各三字

右為細末拌勻皁兒膠鞕和脫花爇之

龍涎香沈

丁香半兩　木香半兩　官桂二錢半　白芷二錢半

香附二錢半鹽水浸一宿焙乾　檳榔二錢半　當歸二錢半　甘松七錢

藿香七錢 零陵香七錢

右加荳蔻一枚同為細末煉蜜丸如菉豆大無可服

智月龍涎香補

沈香一兩 麝香一錢研 米腦一錢半 金顔香半錢

丁香一錢 木香半錢 蘇合油一錢 白芨末一錢半

右為細末皁兒膠鞕和入臼杵千下花印脫之窨乾

新刷出光慢火玉片襯燒

龍涎香新

速香十兩 溼漏子香十兩 沈香十兩 龍腦五錢 麝香五錢

薔薇花不拘多少陰乾

右為細末以白芨瓊梔煎湯煮糊為丸如常法燒

古龍涎香 補

沈香六錢 白檀三錢 金顏香二錢 蘇合油二錢

麝香半錢另研 龍腦三字 甲香半字 乳香半字陰乾去土

右為細末拌勻入蘇合油仍以白芨末二錢冷水調如稠粥重湯煮成糊放溫和香入臼杵百餘下模範

脱花用刷子出光如常法焚之若供佛則去麝香

古龍涎香 沈

沈香一兩 丁香一兩 甘松二兩 麝香一錢 甲香一錢製過

右為細末煉蜜和劑脱作花樣窨一月或百日

古龍涎香 一

沈香半兩 檀香半兩 丁香半兩 金顏香半兩

素馨花半兩廣南有之最清奇 木香三分 思篤耨三分 麝香一分

龍腦二錢 蘇合油一匙許

右各為細末以皁兒白濃煎成膏和匀任意造作花子佩香及香環之類如要黑者入杉木麩炭少許拌沉檀同研却以白芨極細末少許熱湯調得所將篤耨蘇合油同研香如要作軟香只以敗蠟同白膠香少許熬放冷以手搓成鋌煮酒蠟尤妙

古龍涎香二

古蠟沉十兩 拂手香十兩 金顔香三兩 蕃梔子二兩 梅花腦一兩半另研 龍涎一兩

右為細末入麝香二兩煉蜜和勻捻餅子爇之

白龍涎香

檀香一兩 乳香五錢

右以寒水石四兩煅過同為細末梨汁和為餅子

小龍涎香一

沈香半兩 棧香半兩 檀香半兩 白芨二錢半 白蘞二錢半 龍腦二錢

丁香二錢

右為細末以皁兒水和作餅子窨乾刷光窨土中十

日以錫盒貯之

小龍涎香 二

沈香 二兩 龍腦 五分

右為細末以鵞梨汁和作餅子燒之

小龍涎香 新

錦紋大黃 一兩 檀香 乳香 丁香 玄參

甘松 已上各五錢

右以寒水石二錢同為細末梨汁和作餅子爇之

小龍涎香補

沈香一兩　乳香一錢　龍腦五分　麝香五分　騰茶清研

右同為細末以生麥門冬去心研泥和丸如梧桐子大入冷石模中脫花候乾甆盒收貯如常法燒

吴侍中龍津香沈

白檀五兩細剉以騰茶清浸半月後用蜜炒　沈香四兩　苦參半兩　甘松一兩洗淨　丁香二兩　木麝二兩　甘艸半兩炙　焰硝三分　甲香半兩洗淨先以黄泥水煮次以蜜水煮復以酒煮各一伏時更以蜜少許炒　龍腦五錢

樟腦一兩 麝香五錢并焰硝四味各另研

右為細末拌和令匀煉蜜作劑掘地窨一月取燒

龍泉香 新

甘松四兩 玄參二兩 大黃一兩半 丁皮一兩半 麝香半錢 龍腦二錢

右擣羅細末煉蜜為餅子如常法爇之

香乘卷十五

欽定四庫全書

香乘卷十六

明 周嘉胄 撰

法和衆妙香三

清心降真香局

紫潤降真香四十兩剉碎 棧香三十兩 黄熟香三十兩 丁香皮十兩

紫檀香三十兩剉碎以建茶末一兩湯調兩盌拌香令濕炒三時辰勿焦黑

麝香木十五兩 焰硝半斤湯化開淘去滓熬成霜

白茅香三十兩細剉以青州棗三十兩新汲水三斗同煮過後炒令色變去棗及黑者用十五兩

揀甘草五兩　甘松十兩　藿香十兩　龍腦一兩香成旋入

右為細末煉蜜搜和令勻作餅爇之

宣和內府降真香

蕃降真香三十兩

右剉作小片子以臘茶半兩末之沸湯同浸一日湯高香一指為約來朝取出風乾更以好酒半盞蜜四兩青州棗五十箇於磁器內同煮至乾為度取出於

不津磁盒内収貯頓窨封徐徐取燒其香最清遠

降真香一

蕃降真香切作片子

右以冬青樹子布單内絞汁浸香蒸過窨半月燒

降真香二

蕃降真香一兩劈作平片 藁本一兩水二盌銀石器内與香同煮

右二味同煮乾去藁本不用慢火䙡筠州楓香燒

勝篤耨香

欃香半兩黃連香三錢檀香一錢降真香五分龍腦一字半麝香一錢

右以蜜和粗末爇之

假篤耨香一

老柏根七錢黃連七錢研置別器丁香半兩降真香臘茶煮半日

紫檀香一兩欃香一兩

右為細末入米腦少許煉蜜和劑爇之

假篤耨香二

檀香一兩黃連香二兩

右為末拌勻以橄欖汁和濕入磁器收旋取爇之

假篤耨香三

黃連香或白膠香

以極高煮酒與香同煮至乾為度

假篤耨香四

楓香乳一兩欖香二兩檀香一兩生香一兩官桂三錢丁香隨意入

右為粗末蜜和令濕磁盒封窨月餘可燒

馮仲柔假篤耨香售

通明楓香二兩火上鎔開桂末一兩入香内攪匀白蜜三兩匙入香内

右以蜜入香攪和令匀瀉於水中冷便可燒或欲作餅子乗其熱捻成置水中

江南李主煎沈香沈

沈香㕮咀蘇合香油各不拘多少

右每以沈香一兩用鵞梨十枚細研取汁銀石器盛之入甑蒸數次以睎為度或削沈香作屑長半寸許鋭其一端叢刺梨中炊一飯時梨熟乃出之

李主花浸沈香

沈香不拘多少剉碎取有香花若酴醾木犀橘花或橘葉亦可福建茉莉花之類帶露水摘花一盌以磁盒盛之紙蓋入甑蒸食頃取出去花留汁浸沈香日中曝乾如是者數次以沈香透爛為度或云皆不若薔薇水浸之最妙

華蓋香 補

歌曰沈檀香附兼山麝艾蒳棗仁分兩同煉蜜拌勻磁

器窨翠烟如蓋可庭中

寳毬香 洪

艾蒳一兩松上青衣是 酸棗一升入水少許研汁煎成 丁香皮半兩 檀香半兩

茅香半兩 香附子半兩 白芷半兩 棧香半兩 草荳蔻一枚去皮

梅花龍腦 麝香各少許

右除腦麝别研外餘者皆炒過擣取細末以酸棗膏

更加少許熟棗同腦麝合和得中入臼杵令不粘即

止丸如梧桐子大每燒一丸其烟嫋嫋直上如線結

為毬狀經時不散

香毬 新

石芝一兩 艾蒳一兩 酸棗仁半兩 沈香五錢 梅花龍腦半錢另研

甲香半錢製 麝香少許另研

右除腦麝同擣細末研棗肉為膏入熟蜜少許和勻

捻作餅子燒如常法

芬積香 沈

丁香皮二兩 硬木炭二兩為末 韶腦半兩另研 檀香五錢末 麝香一錢另研

右拌勻煉蜜和劑實在罐器中如常法燒

芬積香

沉香　棧香　藿香葉　零陵香各一兩　丁香三錢

芸香四分半　甲香五分灰煮去膜再以好酒煮至乾擣

右為細末重湯煮蜜放温入香末及龍腦麝香各二錢拌和令勻磁盒密封地坑埋窨一月取爇之

小芬積香武

棧香一兩　檀香半兩　樟腦半兩飛過　降真香一錢　麩炭三兩

右以生蜜或熟蜜和匀甆盒盛地埋一月取燒之

芬馥香 補

沉香二兩 紫檀一兩 丁香一兩 甘松三錢 零陵香二錢 製甲香三分

龍腦香一錢 麝香一錢

右為末拌匀生蜜和作餅劑磁器窨乾爇之

藏春香 武

沉香二兩 檀香二兩酒浸一宿 乳香二兩 丁香二兩 降真製過者一兩

欖油三錢 龍腦一分 麝香一分

右各為細末將蜜入黄甘菊一兩四錢玄參三分剉同入瓶内重湯煮半日濾去菊與玄參不用以白梅二十箇水煮令浮去核取肉研入熟蜜匀拌衆香於瓶内久窨可爇

藏春香

降真香四兩臘茶清浸三日次以香煮十餘沸取出為末　丁香十餘粒　龍腦一錢

麝香一錢

右為細末煉蜜和匀燒如常法

出塵香

沈香四兩 金顔香四錢 檀香三錢 龍涎香二錢 龍腦香一錢 麝香五分

右先以白芨煎水擣沈香萬杵别研餘品同拌令匀微入煎成皁子膠水再擣萬杵入石模脱作古龍涎花子

出塵香二

沈香一兩 棧香半兩酒煮 麝香一錢

右為末蜜拌焚之

四和香

沉檀各一兩 腦麝各一錢如常法燒

香棖皮荔枝殻榠樝核或梨滓甘蔗滓等分為末名小四和

四和香 補

檀香二兩剉碎蜜炒褐色勿焦 滴乳香一兩絹袋盛酒煮取出研 麝香一錢

臈茶一兩與松木麩炭末半兩蜜同研

右為末煉蜜和匀磁盒収貯地窨半月取出爇之

馮仲柔四和香

錦紋大黃一兩 玄參一兩 藿香葉一兩 蜜一兩

右用水和慢火煮數時辰許剉為粗末入檀香三錢麝香一錢更以蜜兩匙拌勻窨過爇之

加減四和香 武

沈香一兩 木香五錢沸湯浸 檀香五錢各為末 丁皮一兩 麝香一分另研 龍腦一分另研

右以餘香別為細末木香水和撚成餅子如常爇

夾棧香　沈

夾棧香半兩　甘松兩　甘草半兩　沈香半兩　白茅香一兩　棧香一兩

梅花片腦二錢另研　藿香三錢　麝香一錢　甲香二錢製

右為細末煉蜜拌和令匀貯磁器蜜封地窨半月逐旋取出捻作餅子如常法燒

聞思香　武

玄參　荔枝皮　松子仁　檀香　香附子

丁香各二錢　甘艸三錢

右同為末查子汁和劑窨爇如常法

聞思香

紫檀(半兩蜜水浸三日慢火焙) 棖皮(一兩晒乾) 甘松(半兩酒浸一宿火焙) 苦楝花(一兩)

榠查核(一兩) 紫荔枝皮(一兩) 龍腦(少許)

右為末煉蜜和劑窨月餘焚之別一方無紫檀甘松用香附子半兩零陵香一兩餘皆同

百里香

荔枝皮(千顆須閩中未開用鹽梅者) 甘松(三兩) 棧香(三兩) 檀香(半兩)

製甲香半兩 麝香一錢

右為末煉蜜和令稀稠得所盛以不津磁器坎埋半月取出爇之再投少許蜜捻作餅子亦可此蓋裁損聞思香也

洪駒父百步香 又名萬斛香

沉香一兩半 棧香半兩 檀香半兩以蜜酒湯另炒極乾 零陵葉三錢用杵羅過

製甲香半兩另研 腦麝各三錢

右和勻熟蜜溲劑窨爇如常法

五真香

沉香二兩 乳香 蕃降真香製過 旃檀香 藿香已上各一兩

各為末白芨糊調作劑脫餅焚供世尊上聖不可褻用

禪悅香

檀香二兩製 柏子未開者酒煮陰乾三兩 乳香一兩

右為末白芨糊和勻脫餅用

籬落香

玄參　甘松　楓香　白芷　荔枝殼　辛夷

茅香　零陵香　檖香　石脂　蜘蛛香　白芨麪

各等分生蜜擣成劑或作餅用

春宵百媚香

母丁香二兩極大者　白篤耨八錢　詹糖香八錢　龍腦二錢　麝香一錢五分

欖油三錢　甲香製過一錢五分　廣排草鬚一兩　花露一兩　茴香製過一錢五分

梨汁　玫瑰花五錢去蒂取瓣　乾木香花五錢收紫心者用花瓣

各香製過為末腦麝另研蘇合油入煉過蜜少許同

花露調和得法搗數百下用不津器封口固入土窨春秋十日夏五日冬十五日取出玉片隔火焚之旖旎非常

亞四和香

黑篤耨 白芸香 欖油 金顏香

右四香體皆粘濕合宜作劑重湯融化結塊分焚之

三勝香

龍鱗香梨汁浸隔宿微火隔湯煮陰乾 柏子酒浸製同上 茘枝殼蜜水浸製同上

製法如常

逗情香

牡丹　玫瑰　素馨　茉莉　蓮花　辛夷　桂花

木香

採各種花俱陰乾去心蒂用花瓣惟辛夷用蕊尖共為末用真蘇合油調和作劑焚之與諸香有異

遠濕香

蒼朮十兩茅山出者佳　龍鱗香四兩　芸香一兩白淨者佳　藿香淨末四兩

金顔香（四兩）柏子（淨末八兩）

各為末酒調白芨末為糊或脫餅或作長條此香燥烈宜霉雨溽濕時焚之妙

香乘卷十六

欽定四庫全書

香乘卷十七

明 周嘉冑 撰

法和衆妙香四

黄太史四香

意和

沉檀為主每沉一兩半檀一兩斫小博骰體取榠櫨液漬之液過指許浸三日及煮泣其液濕水浴之紫檀為

屑取小龍茗末一錢沃湯和之漬碎時包以濡竹紙數重炰之螺甲半弱磨去齟齬以胡麻熬之色正黄則以蜜湯遽洗無膏氣乃以青木香爲末以意和四物稍入婆津膏及麝二物惟少以棗肉合之作模如龍涎香樣日熏之

意可

海南沈水香三兩得火不作柴桂烟氣者麝香檀一兩切焙衡山亦有之宛不及海南來者木香四錢極新者

不焙玄參半兩剉焮炙甘草末二錢焰硝末一錢甲香一分浮油煎令黄色以蜜洗去油復以湯洗去蜜如前治法爲末入婆律膏及麝各三錢另研香成旋入右皆末之用白蜜六兩熬去沫取五兩和香末匀置磁盒窨如常法

山谷道人得之於東溪老東溪老得之於歷陽公其方初不知得其所自始名宜愛或云此江南宫中香有美人曰宜娘甚愛此香故名宜愛不知其在中主後主時耶香殊不凡故易名意可使衆不業力無度

量之意鼻孔繞二十五有求覓增上必以此香為可何況酒欵玄參茗熬紫檀鼻端以濡然乎且是得無主意者觀此香其處處穿透亦必為可耳

深靜

海南沈水香二兩羊脛炭四兩沈水剉如小博骰入白蜜五兩水解其膠重湯慢火煮半日浴以溫水同炭杵擣為末馬尾羅篩下之以煮蜜為劑窨四十九日出之婆律膏三錢麝一錢以安息香一分和作餅子以磁盒

貯之

荆州歐陽元老為予製此香而以一斤許贈别元老者其從師也能受匠石之斤其為吏也不剉庖丁之刃天下可人也此香恬澹寂寞非其所尚時下帷一炷如見其人

小宗香

海南沉水一兩剉棧香半兩剉紫檀二兩半生半用銀石器炒令紫色三物俱令如鋸屑蘇合油二錢製甲香

一錢末之麝一錢半研玄參五分末之鵞梨二枚取汁青棗二十枚水二盌煮取小半琖用梨汁浸沈檀櫼煮一伏時緩火煮令乾和入四物煉蜜令少冷搜和得所入磁盒埋窨一月用

南陽宗少文嘉遁江湖之間援琴作金石弄遠山皆與之同響其文獻足以追配古人孫茂深亦有祖風當時貴人欲與之遊不可得乃使陸探微畫其像挂壁間觀之茂深惟喜閉閤焚香遂作此香餅時謂少

文大宗茂深小宗故名小宗香云大宗小宗南史有傳

藍成叔知府韻勝香 售

沈香一錢 檀香一錢 白梅肉半錢焙乾 丁香半錢 木香一字 朴硝半兩另研

麝香一錢

右為細末與別研二味入乳鉢拌勻瓷器收每用薄銀葉如龍涎法燒少歇即是硝融隔火器以水勻澆之即復氣通氤氳矣乃鄭康道御帶傳於藍藍嘗括

為歌曰沈檀為末各一錢丁皮肉梅減其半揀丁五粒木一字半兩朴硝柏麝拌此香韻勝以為名銀葉燒之火宜緩蘇韜光云每五料用丁皮梅肉三錢麝香半錢重餘皆同且云以水滴之一炷可留三日

元御帶清觀香

沈香四兩末 金顏香二錢半另研 石芝二錢半 檀香二錢半末 龍腦二錢

麝香一錢半

右用井花水和勻礶石礶細脫花爇之

脫俗香 武

香附子（半兩蜜浸三日慢焙乾） 棖皮（一兩焙乾） 零陵香（半兩酒浸一宿慢焙乾）

楝花（一兩晒乾） 榠櫨核（一兩） 荔枝殼（一兩）

右並精細揀擇為末加龍腦少許煉蜜拌勻入磁盒

封窨十餘日旋取燒之

文英香

甘松 藿香 茅香 白芷 麝檀香 零陵香

丁香皮 玄參 降真香（以上各二兩） 白檀（半兩）

右為末煉蜜半斤少入朴硝和香焚之

心清香

沉檀各一大拇指丁香母一分丁香皮三分樟腦一兩麝香少許

無縫炭四兩

右同為末拌匀重湯煮蜜去浮泡和劑磁器中窨

瓊心香

棧香半兩檀香一分臈茶清浸煮丁香三十枚麝香五分黄丹一分

右為末煉蜜和匀作膏焚之

太真香

沈香一兩 棧香二兩 龍腦一錢 麝香一錢 白檀一兩細剉白蜜半盞相和蒸乾

甲香一兩

右為細末和勻重湯煮蜜為膏作餅子窨一月焚之

大洞真香

乳香一兩 白檀一兩 棧香一兩 丁皮一兩 沈香一兩 甘松半兩

零陵香二兩 藿香葉二兩

右為末煉蜜和膏爇之

天真香

沈香三兩剉　丁香一兩新好者　麝檀一兩剉炒　玄參半兩洗切微焙

生龍腦半兩另研　麝香三錢另研　甘艸末二錢另研　焰硝少許　甲香一錢製

右為末與腦麝和勻白蜜六兩煉去泡沫入焰硝及

香末丸如雞頭大爇之熏衣最妙

玉蕊香一名百花新香

白檀香一兩　丁香一兩　棧香一兩　玄參二兩　黃熟香二兩　甘松半兩淨

麝香三分

右煉蜜為膏和窨如常法

玉蕊香 二

玄參半兩銀器煮乾再炒令微烟出 甘松四兩 白檀二錢剉

右為末真麝香乳香二錢研入煉蜜丸如芡子大

玉蕊香 三

白檀香四錢 丁香皮八錢 韶腦四錢 安息香一錢 桐木麩炭四錢

右為末蜜劑和油紙裹磁盒貯之窨半月

廬陵香

紫檀七十二銖即二兩屑之熬一兩半　棧香十二銖即半兩　甲香二銖半即一錢製

蘇合油五銖即二錢二分無亦可　麝香三銖即一錢一字　沈香六銖一分

玄參一銖半半錢

右用沙梨十枚切片研絞取汁青州棗二十枚水二盌熬濃浸紫檀一夕微火煑泣入煉蜜及焰硝各半兩與諸藥研和窨一月爇之

康漕紫瑞香

白檀一兩為末　羊脛骨炭半秤擣羅

右用九兩磁器重湯煮熱先將炭煤與蜜搜和匀次入檀末更用麝半錢或一錢別器研細以好酒化開灑入前件香劑入磁罐封窨一月取爇之久窨尤佳

靈犀香

雞舌香八錢 甘松三錢 零陵香一兩半 藿香一兩半

右為末煉蜜和劑窨燒如常法

仙萸香

甘菊蕊一兩 檀香一兩 零陵香一兩 白芷一兩 腦麝各少許乳鉢研

右為末以梨汁和劑捻作餅子曝乾

降仙香

檀香末四兩蜜少許和為膏 玄參二兩 甘松二兩 川零陵香一兩 麝香少許

右為末以檀香膏子和之如常法爇

可人香

歌曰丁香沈檀各兩半腦麝三錢中半良二兩烏香杉炭是蜜丸爇處可人香

禁中非烟香一

歌曰腦麝沈檀俱半兩丁香一分重三錢蜜和細擣為圓餅得自宣和禁闥傳

禁中非烟香 二

沈香 半兩 白檀 四兩劈作十塊臈茶清浸少時 丁香 二兩 降真香 三兩 鬱金 二兩 甲香 三兩製

右細末入麝少許以白芨末滴水和捻餅子窨爇之

復古東閣雲頭香 售

真臘沈香 十兩 金顔香 三兩 佛手香 三兩 蕃梔子 一兩

梅花片腦二兩半　龍涎二兩　麝香二兩　石芝一兩　製甲香半兩

右為細末薔薇水和匀用石碓之脫花如常法爇之

如無薔薇水以淡水和之亦可

崔賢妃瑶英勝

沈香四兩　佛手香半兩　麝香半兩　金顔香三兩半　石芝半兩

右為細末同和碓作餅子排銀盆或盤內盛夏烈日

晒乾以新軟刷子出其光貯於錫盆內如常爇之

元若虚總管瑶英勝

龍涎一兩大食梔子二兩沉香十兩上等者梅花龍腦七錢雪白者

麝香當門子半兩

右先將沉香細剉磋令極細方用薔薇水浸一宿次日再上磋三五次别用石磋一次龍腦等四味極細方與沉香相合和匀再上石磋一次如水脉稍多用紙糝令乾濕得所

韓鈐轄正德香

上等沉香末十兩梅花片腦一兩蕃梔子一兩龍涎半兩石芝半兩

金顔香半兩 麝香肉半兩

右用薔薇水和匀令乾濕得中上磓石細磓脱花子䕺之或作數珠佩帶

滁州公庫天花香

玄參四兩 甘松二兩 檀香一兩 麝香五分

右除麝香别研外餘三味細剉如米粒許白蜜六兩拌匀貯磁罐内久窨乃佳

玉春新料香補

沈香五兩　棧香二兩半　紫檀香二兩半　米腦一兩

梅花腦二錢半　麝香七錢半　木香一錢半　金顏香一兩半

丁香一錢半　石脂半兩好者　白芨二兩半　胯茶新者一胯半

右為細末次入腦麝研皂兒仁半斤濃煎膏硬和杵千百下脫花陰乾刷光磁器收貯如常法爇之

辛押陀羅亞悉香沈

沈香五兩　兜婁香五兩　檀香三兩　甲香三兩製　丁香半兩　大石芎半兩

降真香半兩　安息香三錢　米腦二錢白者　麝香二錢　鑒臨二錢另研詳或異名

右為細末以薔薇水蘇合油和劑作丸或餅爇之

瑞龍香

沈香一兩 占城麝檀三錢 占城沈香三錢 迦闌木二錢

龍涎一錢 龍腦二錢金脚者 檀香半錢 篤耨香半錢

大食水五滴 薔薇水不拘多少 大食梔子花一錢

右為極細末拌和令匀於淨石上磓如泥入模脫

華蓋香

龍腦一錢 麝香一錢 香附子半兩去毛 白芷半兩 甘松半兩 松蒳一兩

零陵葉半兩 草荳蔻一兩 茅香半兩 檀香半兩 沈香半兩

酸棗肉以肥紅小者濕生者尤妙用水熬成膏汁

右件為細末煉蜜與棗膏搜和令勻木臼搗之以不粘為度丸如鷄頭實燒之

寶林香

黃熟香 白檀香 棧香 甘松 藿香葉 零陵香葉 荷葉 紫背浮萍以上各一兩

茅香半斤去毛酒浸以蜜拌炒令黃

右件為細末煉蜜和匀丸如皁子大無風處燒之

巡筵香

龍腦一錢　乳香半錢　荷葉半兩　浮萍半兩　旱蓮半兩　瓦松半兩　水衣半兩　松蒳半兩

右為細末煉蜜和匀丸如彈子大慢火燒之從主人主以淨水一琖引烟入水琖内巡筵旋轉香烟接了去水琖其香終而方斷

已上三方亦名三寶殊熏

寶金香

沈香一兩 檀香一兩 乳香一錢另研 紫礦二錢 金顔香一錢另研 安息香一錢另研 甲香一錢 麝香二錢另研 石芝二錢 川芎一錢 木香一錢 白荳蔻二錢 龍腦二錢

右為細末拌匀煉蜜作劑捻餅子金箔為衣

雲葢香

葉艾 艾蒳 荷葉 扇柏葉各等分

右俱燒存性為末煉蜜作别香劑用如常法

香乘卷十七

欽定四庫全書

香乘卷十八

明 周嘉冑 撰

凝合花香

梅花香一

丁香一兩　藿香一兩　甘松一兩

檀香一兩　丁皮半兩　牡丹皮半兩

零陵香二兩　辛夷半兩　龍腦一錢

右為末用如常法尤宜佩帶

梅花香 二

甘松一兩　零陵香一兩　檀香半兩

茴香半兩　丁香一百枚　龍腦少許另研

右為細末煉蜜合和乾濕皆可焚

梅花香 三

丁香枝杖一兩　零陵香一兩　白茅香一兩

甘松一兩　白檀一兩　白梅末二錢

杏仁十五箇　丁香三錢　白蜜半斤

右為細末煉蜜作劑窨七日燒之

梅花香武

沉香五錢　檀香五武　丁香五錢

丁香皮五錢　麝香少許　龍腦少許

右除腦麝二味乳鉢細研入杉木炭煤二兩共香和匀煉白蜜杵匀捻餅入無滲磁瓶窨火以玉片襯燒之

梅花香 沈

玄參四兩 甘松四兩 麝香少許

甲香三錢先以泥漿慢煮次用蜜製

右為細末煉蜜丸如常法爇之

壽陽公主梅花香 沈

甘松半兩 白芷半兩 牡丹皮半兩

藁本半兩 茴香一兩 丁皮一兩不見火

檀香一兩 降真香二錢 白梅一百枚

右除丁皮餘皆焙乾為粗末磁器窨月餘如常爇

李主帳中梅花香 補

丁香 一兩新好者　沉香 一兩　紫檀香 半兩

甘松 半兩　零陵香 半兩　龍腦 四錢

麝香 四錢　杉松麩炭末 一兩　製甲香 二分

右為細末煉蜜放冷和丸窨半月爇之

梅英香 一

揀丁香 三錢　白梅末 三錢　零陵香葉 二錢

木香一錢　甘松五分

右為細末煉蜜作劑窨燒之

梅英香二

沉香二兩剉末　丁香四兩　龍腦七錢另研

蘇合油二錢　甲香二錢製　硝石末一錢

右細末入烏香末一錢煉蜜和匀丸如芡實大焚之

梅蕊香

檀香一兩半建茶浸三日銀器中炒令紫色碎者旋取之　棧香三錢半剉細末入蜜一琖

酒半盞以沙盒盛蒸取出炒乾

甲香半兩漿水泥一塊同浸三日取出再以漿水一盌煮乾更以酒一盌煮于銀器内炒黄色

玄參切片入焰硝一錢蜜一盞酒一盞煮乾為度炒令脆不犯鐵器

龍腦二錢另研　麝香當門子二字另研

右為細末先以甘草半兩搥碎沸湯一斤浸候冷取出甘草不用白蜜半斤煎撥去浮蠟與甘草湯同煮放冷入香末次入腦麝及杉樹油節灰一兩和勻捻作餅子貯磁器内窨一月

梅蕊香武又名一枝梅

歌曰沉香一分丁香半烰炭篩羅五兩灰煉蜜丸燒加腦麝東風吹綻一枝梅

韓魏公濃梅香 洪譜又名返魂梅

黑角沉半兩 丁香一錢 臘茶末一錢

鬱金五分小者麥麩炒赤色 麝香一字 定粉一米粒即韶粉

白蜜一盞

右各為末麝先細研取臘茶之半湯點澄清調麝次入沉香次入丁香次入鬱金次入餘茶及定粉共研

細乃入蜜令稀稠得所收砂瓶器中窨月餘取燒火則益佳燒時以雲母石或銀葉襯之

黃太史跋云余與洪上座同宿潭之碧廂門外舟衝岳花光仲仁寄墨梅二幅扣舟而至聚觀於下予曰秪欠香耳洪笑發囊取一炷焚之如嫩寒清曉行孤山籬落間怪而問其所得云東坡得于韓忠獻家知予有香癖而不相授豈吝耶其後駒父集古今香方自謂無以過此予以其名未顯易之云

香譜補遺所載與前稍異今併録之

臘沉一兩　龍腦五分　麝香五分

定粉二錢　鬱金五錢　臘茶末二錢

鵞梨二枚　白蜜二兩

右先將梨去皮薑擦梨上搗碎旋扭汁與蜜同熬過在一淨珴内調定粉臘茶鬱金香末次入沉香龍腦麝香和為一塊油紙裹入磁盒内地窨半月取出如欲遺人圓如芡實金箔為衣十圓作貼

笑梅香一

榲桲二箇　檀香五錢　沉香三錢

金顔香四錢　麝香一錢

右將榲桲割破頂子以小刀剔去穰并子將沉香檀香為極細末入於内將原割下頂子蓋著以麻縷縛定用生麪一塊裹榲桲在内慢灰火燒黄熟為度去麪不用取榲桲研為膏别將麝香金顔香研極細入膏内相和研匀雕花印脱隂乾燒之

笑梅香二

沉香一兩　烏梅一兩　芎藭一兩

甘松一兩　檀香五錢

右為末入腦麝少許蜜和瓷盒内窨旋取燒之

笑梅香三

欑香二錢　丁香二錢　甘松二錢

零陵香二兩共為粗末　朴硝一兩　腦麝各五分

右研匀入腦麝朴硝生蜜搜和甆盒封窨半月

笑梅香一 武

丁香百粒　茴香一兩　檀香五錢

甘松五錢　零陵香五錢　麝香五分

右為細末蜜和成塊分爇之

笑梅香二 武

沉香一兩　檀香一兩　白梅肉一兩

丁香八錢　木香七錢　牙硝五錢研

丁香皮二錢去粗皮　麝香少許　白芨末

右為細末白芨煮糊和匀入範子印花陰乾燒之

肖梅韻香 補

韶腦四兩 丁香皮四兩 白檀五錢

桐灰六兩 麝香一錢

別一方加沉香一兩

右先擣丁香檀灰為末次入腦麝熱蜜拌匀杵三五百下封窨半月取爇之

勝梅香

歌曰丁香一兩真檀半（降真白檀）松炭篩羅一兩灰熟蜜和匀入龍腦東風吹綻嶺頭梅

鄙梅香（武）

沉香（一兩） 丁香（二錢） 檀香（二錢）

麝香（五分） 浮萍草

右為末以浮萍草取汁加少許蜜捻餅燒之

梅林香

沉香（一兩） 檀香（一兩） 丁香枝杖（三兩）

樟腦 三兩　麝香 一錢

右腦麝另器細研將三味懐乾為末用煆過硬炭末香末和勻白蜜重湯煮去浮蠟放冷旋入臼杵搗數百下取以銀葉襯焚之

浹梅香 沈

丁香 百粒　茴香 一捻　檀香 二兩

甘松 二兩　零陵香 二兩　腦麝 各少許

右為細末煉蜜作劑爇之

肖蘭香一

麝香一錢　乳香一錢　麩炭末一兩

紫檀五兩白尤妙剉作小片煉白蜜一斤加少湯浸一宿取出銀器内炒微烟出

右先將麝香乳鉢内研細次用好臘茶一錢沸湯點澄清時與麝香同研候勻與諸香相和勻入臼杵令得所如乾少加浸檀蜜水拌勻入新器中以紙封十數重地坎窨一月爇之

肖蘭香二

零陵香七錢　藿香七錢　甘松七錢

白芷二錢　木香二錢　母丁香七錢

官桂二錢　玄參三兩　香附子二錢

沉香二錢　麝香少許另研

右煉蜜和匀捻作餅子燒之

笑蘭香武

歌曰零藿丁檀沉木一六錢藁本麝差輕合和時用松

花蜜爇處無烟分外清

笑蘭香 洪

白檀香一兩 丁香一兩 欑香一兩

甘松五錢 黃熟香二兩 玄參一兩

麝香一錢

右除麝香另研外令六味同擣為末煉蜜搜拌為膏

爇窨如常法

李元老笑蘭香

揀丁香味辛者一錢 木香一錢雞骨者 沉香一錢刮去軟者

白檀香一錢脂膩者　肉桂一錢味辛者　麝香五分

白片腦五分　南硼砂二錢先研細次入腦麝

回紇香附一錢如無以白荳蔻代之同前六味為末

右煉蜜和勻更入馬孛二錢許搜拌成劑新油單紙封裹入瓷瓶內一月取出旋丸如菀豆狀撚餅以漬酒名洞庭春每酒一瓶入香一餅化開笋葉密封春三日夏秋一日冬七日可飲其香特美

靖老笑蘭香新

零陵香七錢半　藿香七錢半　甘松七錢半

當歸一條　荳蔻一箇　檳榔一箇

木香五錢　丁香五錢　香附子二錢半

白芷二錢半　麝香少許

右為細末煉蜜搜和入臼杵百下貯磁盒地坑埋窨一月旋作餅爇如常法

勝肖蘭香

沉香大拇指　檀香大拇指　丁香二錢

茴香五分　丁香皮三兩　檀腦五錢

麝香五分　煤末五兩　白蜜半斤

甲香二十片黄泥煮去淨洗

右為細末煉蜜和匀入磁器内封窨旋丸燒之

勝蘭香 補

歌曰甲香一分煮三番二兩烏沉一兩檀水麝一錢龍腦半蜜和清婉勝芳蘭

秀蘭香 武

歌曰沉藿零陵俱半兩丁香一分麝三錢細擣和蜜為

餅子芬芳香自禁中傳

蘭蕊香補

棧香三錢　檀香三錢　乳香二錢

丁香三十枚　麝香五分

右為末以蒸鵝梨汁和作餅子窨乾燒如常法

蘭遠香補

沉香一兩　速香一兩　黄連一兩

甘松一兩　丁香皮五錢　紫勝香五錢

右為細末以蘇合油和作餅子爇之

木犀香一

降真一兩 檀香一錢另為末作纏 臘茶半胯碎

右以紗囊盛降真香置磁器内用新淨器盛鵝梨汁浸二宿及茶候軟透去茶不用拌檀窨燒

木犀香二

採木犀未開者以生蜜拌匀不可蜜多實捺入磁器中地坎埋窨日久愈奇取出於乳鉢内研拍作餅子油單

紙裹收逐旋取燒採花時不得犯手剪取為妙

木犀香三

日未出時乘露採取巖桂花含蕊開及三四分者不拘多少煉蜜候冷拌和以温潤為度緊入不津磁罐中以蠟紙密封罐口掘地深三尺窨一月銀葉襯燒花大開無香

木犀香四

五更初以竹箸取巖花未開蕊不以多少先以瓶底入

檀香少許方以花蕊入瓶候滿花腦子糝花上皁紗幕瓶口置空所日收夜露四五次少用生熟蜜相拌澆瓶中臘紙封窨燒如法

木犀香 新

沉香半兩 檀香半兩 茅香一兩

右為末以半開桂花十二兩擇去蒂研成泥搜作劑入石臼杵千百下印出當風陰乾燒之

吴彦莊木犀香 武

沉香半兩　檀香二錢五分　丁香十五粒

腦子少許另研　金顏香另研不用亦可　麝香少許茶清研

木犀花五錢已開未披者次入腦麝同研如泥

右以少許薄麪糊入所研三物中同前四物和劑範

為小餅窨乾如常法爇之

智月木犀香沈

白檀一兩臘茶浸炒　木香　金顏香

黑篤耨香　蘇合油　麝香

白芨末以上各一錢

右為細末用皁兒膠鞭和入臼擣千下以花脱之依

法窨爇

桂花香

用桂蕊將放者擣爛去汁加冬青子亦擣爛去汁存渣

和桂花合一處作劑當風處陰乾用玉片蒸儼是桂香

甚有幽致

桂枝香

沉香　降真香等分

右劈碎以水浸香上一指蒸乾為末蜜劑燒之

杏花香一

附子沉　紫檀香　棧香

降真香以上各一兩　甲香　薰陸香

篤耨香　塌乳香以上各五錢　丁香二錢

木香一錢　麝香五分　梅花腦三分

右擣為末用薔薇水拌匀和作餅子以琉璃瓶貯之

地窨一月爇之有杏花韻度

杏花香二

甘松五錢　芎藭五錢　麝香二分

右為末煉蜜丸如彈子大置爐中旖旋可愛每迎風燒之尤妙

吴顧道侍郎杏花香

白檀香五兩細剉以蜜二兩熱湯化開浸香三宿取出於銀器内裛紫色入杉木炭内炒同搗為末

麝香一錢另研　臘茶一錢湯點澄清用稠脚

右同拌令勻以白蜜八兩搜和乳槌杵數百貯磁器

仍鎔蠟固封地窨一月久則愈佳

百花香一

甘松一兩　沉香一兩臘茶同煑半日　棧香一兩

丁香一兩臘茶煑半日　玄參一兩洗淨搥碎炒焦　麝香一錢

檀香五錢剉碎鵝梨二箇取汁浸銀器内蒸　龍腦五分

棗仁一錢　肉荳蔻一錢

右為細末羅勻以生蜜搜和擣百餘杵捻作餅子入

瓷盒封窨如常法爇之

百花香二

歌曰二兩甘松別本作一兩一兩芎別本作半兩半兩麝香少許蜜和同丸如彈子爐中爇一似百花迎曉風

野花香一

棧香一兩　檀香一兩　降真一兩

舶上丁皮五錢　龍腦五分　麝香半字

炭末五錢

右為末入炭末拌匀以煉蜜和劑捻作餅子地窨燒之如要烟聚入製過甲香一字

野花香二

棧香三兩　檀香三兩　降真香三兩

丁香一兩　韶腦二錢　麝香一字

右除腦麝另研外餘擣羅為末入腦麝拌匀杉木炭三兩燒存性為末煉蜜和劑入臼杵三五百下磁礶內收貯旋取分燒之

野花香三

大黄一兩　丁香　沉香

玄參　白檀以上各五錢

右為末梨汁和作餅子燒之

野花香武

沉香　檀香　丁香

丁香皮　紫藤香已上各五錢　麝香二錢

樟腦少許　杉木炭八兩研

右蜜一斤重湯煉過先研腦麝和匀入香搜蜜作劑杵數百入甆器内地窨旋取捻餅燒之

後庭花香

白檀一兩 棧香一兩 楓乳香一兩

龍腦二錢

右為末以白芨作糊和印花餅窨乾如常法

荔枝香沈

沉香 檀香 白荳蔻仁

西香附子 金顏香 肉桂以上各一兩

馬牙硝五錢 龍腦五分 麝香五分

白芨二錢 新荔枝皮二錢

右先將金顏香於乳鉢内細研次入腦麝牙硝另研諸香為末入金顏香研匀滴水和作餅窨乾燒之

洪駒父荔枝香武

荔枝殼不拘多少 麝皮一箇

右以酒同浸二宿酒高二指封蓋飯甑上蒸之酒乾

為度日中燥之為末每一兩重加麝香一字煉蜜和

劑燒如常法

柏子香

柏子實不計多少帶青色未開破者

右以沸湯焯過酒浸密封七日取出陰乾燒之

酴醿香

歌曰二兩玄參二兩松一枝櫨子蜜和同少加真麝并

龍腦一架荼蘼落晚風

黄亞夫野梅香武

降真香四兩　臘茶一胯

右以茶為末入井花水一盌與香同煑水乾為度篩

去臘茶碾真香為細末加龍腦半錢和勻白蜜煉熟

搜劑作圓如鷄頭實或散燒之

江梅香

零陵香　藿香　丁香懐乾

茴香　龍腦已上各半兩　麝香少許鉢内研以建茶湯和

洗之

右為末煉蜜和匀捻餅子以銀葉襯燒之

江梅香 補

歌曰百粒丁香一撮茴麝香少許可斟裁更加五味零陵葉百斛濃香江上梅

蠟梅香 武

沉香 三錢　檀香 三錢　丁香 六錢

龍腦 半錢　麝香 一字

右為細末生蜜和劑爇之

雪中春信

檀香半兩　棧香一兩二錢　丁香皮一兩二錢

樟腦一兩二錢　麝香一錢　杉木炭二兩

右為末煉蜜和匀焚窨如常法

雪中春信沈

沉香一兩　白檀半兩　丁香半兩

木香半兩　甘松七錢半　藿香七錢半

零陵七錢半 回鶻香附子二錢 白芷二錢

當歸二錢 麝香二錢 官桂二錢

檳榔一枚 荳蔻一枚

右為末煉蜜和餅如棊子大或脫花樣燒如常法

雪中春信武

香附子四兩 鬱金二兩 檀香一兩建茶煑

麝香少許 樟腦一錢石灰製 羊脛灰四兩

右為末煉蜜和勻焚窨如常法

春消息一

丁香半兩　零陵香半兩　甘松半兩

茴香二分　麝香一分

右為末蜜和得所以蘢盒貯之地穴内窨半月

春消息二

甘松一兩　零陵香半兩　檀香半兩

丁香十顆　茴香一撮　腦麝少許

和窨如常法

雪中春泛東平李子新方

腦子二分半　麝香半錢　白檀兩

乳香七錢　沉香三錢　寒水石三兩燒

右件為極細末煉蜜并鵝梨汁和匀為餅脫濕置寒水石末中磁瓶合收貯

勝茉莉香

沉香一兩　金顏香研細　檀香各二錢

大丁香十兩研細末　腦麝各一錢

右麝用冷臘茶清三四滴研細續入腦子同研木犀花方開未離披者三大盞去蒂於淨器中研爛如泥入前作六味再研匀拌成餅子或用模子脫成花樣密入器中窨一月

薝蔔香

雪白芸香以酒煑入玄參桂末丁皮四味和匀焚之

雪蘭香

歌括云十兩檖香一兩檀楓香兩半各秤盤更加一兩

玄參末硝蜜同和號雪蘭

香乘卷十八

香乘卷十九

明 周嘉胄 撰

熏佩之香

篤耨佩香 武

沉香末一斤 金顔香末十兩 大食梔子花一兩

龍涎一兩 龍腦五錢

右為細末薔薇水細細和之得所臼杵極細脱範子

梅蕊香

丁香半兩　甘松半兩　藿香葉半兩

香白芷半兩　牡丹皮一錢　零陵香一兩半

舶上茴香五分微炒

同㕮咀貯絹袋佩之

荀令十里香

丁香半兩强　檀香一兩　甘松一兩

零陵香一兩　生龍腦少許　茴香五分畧炒

右為末薄紙貼紗囊盛佩之其茴香生則不香過炒則焦氣多則藥氣太少則不類花香逐旋斟酌添使旖旋

洗衣香 武

牡丹皮一兩 甘松一錢

右為末每洗衣最後澤水入一錢

假薔薇面花香

甘松一兩 檀香一兩 零陵香一兩

藿香葉半兩 丁香半兩 黄丹二分

白芷五分 香墨一分 茴香三分

腦麝為衣

右為細末以熟蜜和稀稠拌得所隨意脫花

玉華醒醉香

採牡丹蕊與酴醾花清酒拌浥潤得所當風陰一宿杵細捻作餅子窨乾龍腦為衣置枕間

衣香 洪

零陵香一斤 甘松十兩 檀香十兩

丁香皮五兩 辛夷二兩 茴香二錢炒

右擣粗末入龍腦少許貯囊佩之

薔薇衣香武

茅香一兩 丁香皮一兩剉碎微炒 零陵香一兩

白芷半兩 細辛半兩 白檀半兩

茴香三分微炒

同為粗末可佩可爇

牡丹衣香

丁香一兩　牡丹皮一兩　甘松一兩為末

龍腦一錢另研　麝香一錢另研

右同和以花葉紙貼佩之

芙蕖衣香

丁香一兩　檀香一兩　甘松一兩

零陵香半兩　牡丹皮半兩　茴香二分微炒

右為末入麝香少許研勻薄紙貼之用新帕子裹著

肉其香如新開蓮花臨時更入麝龍腦各少許更佳

不可火焙汗浥愈香

御愛梅花衣香 售

零陵香葉四兩 藿香葉三兩 沉香一兩剉

甘松二兩去土洗淨秤 檀香二兩 丁香半兩擣

米腦半兩另研 白梅霜一兩擣細淨秤 麝香三錢另研

以上諸香並須日乾不可見火除腦麝梅霜外一處

同為粗末次入腦麝梅霜拌勻入絹袋佩之

此乃内侍韓憲所傳

梅花衣香 武

零陵香 甘松 白檀

茴香 已上各五錢 丁香 木香 各一錢

右同為粗末入龍腦少許貯囊中

梅蕚衣香 補

丁香 二錢 零陵香 一錢 檀香 一錢

舶上茴香 五分微炒 木香 五分 甘松 一錢半

白芷一錢半　腦麝各少許

右同剉，候梅花盛開，晴明無風雨，於黄昏前擇未開含蕊者，以紅線繫定，至清晨日未出時，連梅蒂摘下，將前藥同拌陰乾，以紙裹貯紗囊佩之，旖旎可愛。

蓮蕊衣香

蓮蕊一錢乾研　零陵香半兩　甘松四錢
藿香三錢　檀香三錢　丁香三錢
茴香二分微炒　白梅肉三分　龍腦少許

右為細末入龍腦研勻薄紙貼紗囊貯之

濃梅衣香

藿香葉二錢　早春芽茶二錢　丁香十枚

茴香半字　甘松三分　白芷二分

零陵香三分

同剉貯絹袋佩之

裛衣香武

丁香十兩另研　鬱金十兩　零陵香六兩

藿香四兩　白芷四兩　蘇合油三兩

甘松三兩　杜蘅三兩　麝香少許

右為末袋盛佩之

裛衣香瑣碎録

零陵香一斤　丁香半斤　蘇合油半斤

甘松三兩　鬱金二兩　龍腦二兩

麝香半兩

右並須精好者若一味惡即損諸香同擣如麻豆大

小以夾絹袋貯之

貴人浥汗香 武

丁香 一兩為粗末　川椒 六十粒

右以二味相和絹袋盛而佩之辟絶汗氣

内苑蕊心衣香 事林

藿香 半兩　益智仁 半兩　白芷 半兩

蜘蛛香 半兩　檀香 二錢　丁香 三錢

木香 二錢

同為粗末裹置衣笥中

勝蘭衣香

零陵香二錢　茅香二錢　藿香二錢

獨活一錢　甘松一錢半　大黄一錢

牡丹皮半錢　白芷半錢　丁香半錢

桂皮半錢

以上先洗淨乾再用酒略噴碗盛蒸少時入三賴子

二錢豆腐漿水蒸以瓷蓋定檀香一錢右為細末剉

合和匀入麝香少許

香爨

零陵香　茅香　藿香

甘松　松子搥碎　茴香

三賴子豆腐蒸　檀香　木香

白芷　土白芷　桂肉

丁香　丁皮　牡丹皮

沉香各等分　麝香少許

右用好酒噴過日晒令乾以刀切碎碾為生料篩羅粗末甆罈收頓

𩋰香一

篤耨香半兩　檀香末半兩　蘇合油三兩

金顏香五兩牙子者　銀硃一兩　麝香半兩

龍腦二錢

右為細末用銀器或磁器於沸湯鍋釜内頓放逐旋傾出蘇合油内攪匀和停為度取出瀉入冷水中隨

意作劑

䕌香二

沉香十兩 金顏香二兩 棧香二兩

丁香一兩 乳香半兩 龍腦五錢

麝香六錢

右為細末以蘇合油和納磁器内重湯煑半日以稀

稠得中為度入臼擣成劑

䕌香三

金顏香 半斤極好者于銀器湯煑化細布扭淨汁 蘇合油 四兩絹扭過

龍腦 一錢研細 心紅 不計多少色紅為度 麝香 半錢研細

右先將金顏香搦去水銀石器内化開次入蘇合油麝香拌匀續入龍腦心紅移銚去火攪匀取出作團如常法

輭香 四

黄蠟 半斤溶成汁濾淨却以淨銅銚内下紫草煎令紅濾去草滓 金顏香 三兩揀淨秤別研細作一處 檀香 一兩碾令細却篩過 沉香 半兩極細末

銀朱 隨意加入以紅為度

滴乳香 三兩揀明塊者用茅香煎水煮過令浮成片如膏傾冷水中取出待水乾入乳鉢研細如粘鉢則必須用煆醋淬的赭石一錢入內同研則不粘矣

蘇合香油 三錢如臨合時先以生蘿蔔擦了乳鉢則不粘如無則以子代之

生麝香 三錢淨鉢內以茶清滴研細卻以其餘香拌起一處

右以蠟入磁器大盌內坐重湯中溶成汁入蘇合油和了停匀卻入衆香以柳棒頻攪極匀即香成矣欲輭用松子仁三兩揉汁於內雖大雪亦輭

輭香 五

檀香一兩為末　沉香半兩　丁香三錢
蘇合香油半兩
以三種香拌蘇合油如不滓再加合油

輭香六

上等沉香五兩　金顏香二兩半　龍腦一兩
右為末入蘇合油六兩半用綿濾過取淨油和香旋
旋看稀稠得所入油如欲黑色加百草霜少許

輭香七

沉香三兩　棧香三兩末　檀香三兩

亞息香半兩末　梅花龍腦半兩　甲香半兩製

松子仁半兩　金顏香一錢　龍涎一錢

篤耨油隨分　麝香一錢　杉木炭以黑為度

右除龍腦松仁麝香耨油外餘皆取極細末以篤耨油與諸香和勻為劑

軟香八

金顏香三兩　蘇合油三兩　篤耨油一兩三錢

龍腦四錢　麝香一錢

先將金顏香碾為細末去滓用蘇合油坐熱入黃蠟一兩坐化逐旋入金顏坐過了入腦麝篤耨油銀硃打和以軟筍籜毛縛收欲黃入蒲黃綠入石綠黑入墨欲紫入紫草各量多少加入以匀為度

輭香沈

丁香一兩加木香少許同炒　沈香一兩　白檀二兩

金顏香二兩　黃蠟二兩　三柰子二兩

心子紅二兩作黑不用 龍腦半兩或三錢 蘇合油不計多寡

生油不計多少 白膠香半兩煆灰再于沙鍋内煑候浮上涼水搦塊再用皂角水三四盌復煑以香白為度秤二兩香用

右先將蠟於定磁盌内溶開次下白膠香次生油次蘇合攪匀取盌置地候溫入衆香每一兩作一丸更加烏篤耨一兩尤妙如造黑色者不用心子紅入香墨二兩燒紅為末和劑如常法可懷可佩置扇柄把握極佳

輭香　武

沉香半斤為細末　金顔香二兩　龍腦一錢研細

蘇合油四兩

右先将沉香末和蘇合油仍入冷水和成團却搦去水入金顔香龍腦又以水和成團再搦去水入臼杵三五千下時時搦去水以水盡杵成團有光色為度如欲硬加金顔香如欲輭加蘇合油

寶梵院主輭香

沉香三兩　金顏香五錢　龍腦四錢

麝香五錢　蘇合油二兩半　黃蠟一兩半

右細末蘇合油與蠟重湯溶和搗諸香入腦子更杵千下用

廣州吳家輭香新

金顏香半斤研細　蘇合油二兩　沉香一兩末

腦麝各一錢另研　黃蠟二錢　芝麻油一錢臘月經年者尤佳

右将油蠟同銷鎔放微温和金顔沉末令匀次入腦麝與合油同搜仍於淨石板上以木槌擊數百下如常法用之

瞿仁仲運使輭香

金顔香半斤 蘇合香以拌匀諸香為度 龍腦一字

麝香一字 烏梅肉二錢半焙乾

先以金顔腦麝烏梅肉為細末後以蘇合油相和合臨時相度硬軟得所欲紅色加銀硃二兩半欲黑色

加皂兒灰三錢存性

薰衣香

茅香四兩細剉酒洗微蒸　零陵香半兩　甘松半兩

白檀二錢　丁香二錢半　白梅三箇焙乾取末

右共為粗末入米腦少許薄紙貼佩之

熏衣香二

沉香四兩　欑香三兩　檀香一兩半

龍腦半兩　牙硝二錢　麝香二錢

甲香四錢灰水浸一宿次用新水洗過後以蜜水爁黄

右除龍腦麝香别研外同為粗末煉蜜半斤和匀候冷入龍腦麝香

蜀主熏御衣香洪

丁香一兩　棧香一兩　沉香二兩

檀香一兩　麝香二錢　甲香一兩製

右為末煉蜜放冷温令匀入窨月餘用

南陽公主熏衣香事林

蜘蛛香一兩　白芷半兩　零陵香半兩
砂仁半兩　丁香三錢　麝香五分
當歸一錢　荳蔻一錢
共為末囊盛佩之
新料熏衣香
沉香一兩　棧香七錢　檀香五錢
牙硝一錢　米腦四錢　甲香一錢
右先將沉香棧檀為粗散次入麝拌匀次入甲香牙

硝銀硃一字再拌揀蜜和匀上摻腦子用如常

千金月令熏衣香

沉香二兩 丁香皮二兩 鬱金香二兩細剉

蘇合油一兩 詹糖香一兩同蘇合香油和作餅子

小甲香四兩半以新牛糞汁三升水三升火煑三分去二取出淨水淘刮去上肉焙乾又以清酒二升蜜半合火煑令酒盡以物撓候乾以水淘去蜜暴乾別末

右將諸香末和匀燒熏如常法

熏衣梅花香

甘松一兩　木香一兩　丁香半兩

舶上茴香三錢　龍腦五錢

右拌擣合粗末如常法燒熏

熏衣芬積香和劑

沉香二十五兩剉　棧香二十兩　藿香十兩

檀香二十兩臘茶清炒黄　零陵香葉十兩　丁香十兩

牙硝十兩　米腦三兩研　麝香一兩五錢

梅花龍腦一兩研　杉木麩炭二十兩　甲香二十兩炭灰煮兩日洗以

蜜酒同煮令乾 蜜煉和香

右為細末研腦麝用蜜和搜令匀燒熏如常法

熏衣衙香

生沉香 六兩剉 棧香 六兩 生牙硝 六兩

檀香 十二兩臘茶清炒 生龍腦 二兩研 麝香 二兩研

蜜比香 斤兩加倍煉熟 甲香 一兩

右為末研入腦麝以蜜搜和令匀燒熏如常法

熏衣笑蘭香 事林

藿苓甘芷木茴香茅賴芎黄和桂心檀麝牡皮加減用
酒噴日晒絳囊盛
零以蘇合香油和匀松茅酒洗三賴米泔浸大黄蜜
蒸麝香逐旋添入熏衣加檀殭蠶常帶加白梅肉
塗傅之香
傅身香粉洪
英粉另研　青木香　麻黄根
附子炮　甘松　藿香

零陵香各等分

右件除英粉外同擣羅為末以生絹袋盛浴罷傅身

和粉香

官粉十兩　蜜陀僧一兩　白檀香一兩

黃連五錢　腦麝各少許　蛤粉五兩

輕粉二錢　朱砂二錢　金箔五箇

鷹條一錢

右件為細末和勻傅面

十和香粉

官粉一袋水飛　朱砂三錢　蛤粉白熟者水飛

鷹條二錢　蜜陀僧五錢　檀香五錢

腦麝各少許　紫粉少許　寒水石和腦麝同研

右件各為飛塵和勻入腦麝調色似桃花為度

利汗紅粉香

滑石一斤極白無石者水飛過　心紅三錢　輕粉五錢

麝香少許

右件同研極細用之調粉如肉色為度塗身體香肌利汗

香身丸

丁香一兩半　藿香葉　零陵香

甘松各三兩　香附子　白芷

當歸　桂心　檳榔

益智仁各一兩　麝香二錢　白荳蔻仁二兩

右件為細末煉蜜為劑杵千下丸如桐子大噙化一

九便覺口香五日身香十日衣香十五日他人皆聞
得香又治遍身熾氣惡氣及口齒氣

拂手香 武

白檀 三兩滋潤者剉末用蜜三錢化湯用一盞炒令水乾稍覺浥濕焙乾杵羅極細

米腦 五錢研 阿膠 一片

右將阿膠化湯打糊入香末搜拌令匀於木臼中擣
三五百揑作餅子或脫花窨乾中穿一穴用綵線懸
胸前

梅真香

零陵香葉半兩 甘松半兩 白檀香半兩

丁香半兩 白梅末半兩 腦麝各少許

右為細末糝衣傅身皆可用之

香髮木犀香油事林

凌晨摘木犀花半開者揀去莖蒂令淨高量一斗取清

麻油一斤輕手拌匀置磁罌中厚以油紙密封罌口坐

於釜内重湯煮一餉久取出安頓穩燥處十日後傾出

時以手泚其青液收之最要封閉緊密久而愈香如以油勻入黃蠟為面脂尤馨香也

烏髮油香 此油洗髮後用最妙

香油二斤 柏油二兩另放 訶子皮一兩半

没石子六箇 五棓子半兩 真膽礬一錢

川百藥煎三兩 酸榴皮半兩 猪膽二箇另放

旱蓮臺半兩

右件為粗末先將香油熬數沸然後將藥末入油同

熬少時傾油入鑵子内微温入柏油攪漸入猪膽又

攪令極冷入後藥

零陵香　藿香葉　香白芷

甘松各三錢　麝香一錢

再攪匀用厚紙封礶口每日早午晚各攪一次仍封

之如此十日後先晚洗髮淨次早髮乾搽之不待數

日其髮黑紺光澤香滑永不染塵垢更不須再洗用

之後自見也黄者轉黑旱蓮臺諸處有之科生一二

尺高小花如菊折斷有黑汁名猢猻頭

又此油最能黑髮

每香油一斤棗枝一根剉碎新竹片一根截作小片不拘多少用荷葉四兩入油同煎至一半去前物加百藥煎四兩與油再熬冷定加丁香排草檀香辟塵茄每淨油一斤大約入香料兩餘

合香澤法

清酒浸香夏用冷酒春秋酒令煖冬則小熱鷄舌香俗人以其似丁子故為丁子香也

藿香苜蓿蘭香凡四種以新綿裹而浸之夏一宿春秋二宿冬三宿用胡麻油兩分猪脂一分内銅鐺中即以浸香酒和之煎數沸後便緩火微煎然後下所浸香煎緩火至暮水盡沸定乃熟以火頭内浸中作聲者水未盡有烟出無聲者水盡也澤欲熟時下少許青蒿以發色綿羃鐺嘴以防瀉賈思勰齊民要術

香澤者人髮恒枯瘁以此濡澤之也脣脂以丹作之象脣赤也釋名

香粉

法惟多著丁香於粉合中自然芬馥（同上）

面脂香

牛髓（牛髓少者用牛脂和之若無髓只用脂亦得）温酒浸丁香藿香二種（浸法如煎澤法）煎法一同合澤亦著青蒿以發色綿濾著磁漆盞中令凝若作脣脂者以熟朱調和青油裹之（同上）

八白香（金章宗宮中洗面散）

白丁香　白僵蠶　白附子

白牽牛　白茯苓　白蒺藜

白芷　白芨

右等分入皂角去皮弦共為末菉豆粉半之日用而如玉矣

金主緑雲香

沉香　蔓荊子　白芷

南没石子　躑躅花　生地黄

零陵香　附子　防風

覆盆子　訶子肉　蓮子草

芒硝　丁皮

右件各等分入卷柏三錢洗淨曬乾各細剉黑色以絹袋盛入磁礶內每用藥三錢以清香油浸藥厚紙封口七日每遇梳頭淨水蘸油摩頂心令熱入髮竅不十日髮黑如漆黃赤者變黑秃者生髮

蓮香散 金主宮中方

丁香三錢　黃丹三錢　枯礬末一兩

共為細末閨閣中以之敷足久則香入膚骨雖足紈

常經浣濯香氣不散

金章宗文房精鑑至用蘇合香油點烟製墨可謂窮幽極勝矣兹復致力於粉澤香膏使嬪妃輩雲鬟益芳蓮踪增馥想見當時人盡如花花盡皆香風華旖旋陳主隋煬後一人也

香乘卷十九

香乘卷二十

明　周嘉胄　撰

香屬

香餅　香煤　香灰
香珠　香藥　香茶

燒香用香餅

凡燒香用餅子須先燒令通紅置香爐内候有黄衣生方徐徐以灰覆之仍手試火氣緊慢沈

香餅一

堅硬羊脛骨灰末三斤　黄丹五兩

定粉五兩　針砂五兩　牙硝五兩

棗一升煑爛去皮核

右同擣拌匀以棗膏和劑隨意捻作餅子

香餅二

木炭末三斤　定粉三兩　黄丹二兩

右拌匀用糯米為糊和成入鐵臼内細杵以圈子脱作餅晒乾用之

香餅三

用櫟炭和柑葉葵菜橡實為之純用櫟炭則難熟而易碎石灰太酷不用

香餅四

軟炭三斤末　蜀葵葉或花一斤半

右同擣令粘匀作劑如乾更入薄糊少許彈子大捻餅晒乾貯磁器内燒香旋取用如無葵則炭末中拌入紅花滓同擣以薄糊和之亦可

耐火香餅

硬炭末五兩 胡粉一兩 黃丹一兩

右同擣細末煑糯米膠和匀捻餅晒乾每用燒令赤炷香經久或以針砂代胡粉煑棗代糯膠

長生香餅

黃丹四兩 乾蜀葵花二兩燒灰 乾茄根二兩燒灰

棗肉半斤去核

右為粗末以棗肉研作膏同和匀捻作餅子晒乾置

爐內大可耐火而不息

終日香餅

羊脛炭一斤末　黄丹一分　定粉一分

針砂少許研勻　黑石脂一分

右煑棗肉拌勻捻作餅子窨二日便於日中晒乾如

燒香畢水中蘸滅可再用

丁晉公文房七寶香餅

青州棗一斤去核　木炭二斤末　黄丹半兩

鐵屑二兩　定粉一兩　細墨一兩

丁香二十粒

右用搗為膏如乾時再入棗以模子脫作餅如錢許

每一餅可經晝夜

內府香餅

木炭末一斤　黄丹三兩　定粉三兩

針砂二兩　棗半斤

右同末熟棗肉杵作餅晒乾用如常法每一餅可度

終日

賈清泉香餅

羊脛炭一斤　定粉四兩　黄丹四兩

右用糯粥或棗肉和作餅晒乾用如常法或茄葉燒灰存性用棗肉同杵搶餅晒乾用之

用香煤

近來焚香取火非竈下即踏爐中以之供神佛格祖先其不潔多矣故用煤以扶接火餅香史補遺

香煤一

茄蔕不計多少燒存性取四兩　定粉三錢　黄丹二錢

海金砂二錢

右同末拌匀置爐上燒紙點可終日

香煤二

枯茄荄燒成灰於瓶内候冷為末每一兩入鉛粉二錢

香煤三

黄丹二錢半拌匀和裝灰中

焰硝　黃丹　杉木炭

右各等分糝爐中以紙燼點

香煤 四

黑石脂一名石墨一名石涅古者擣之以為香煤張正見詩香散綺幕室石墨雕金爐

香煤 沈

乾竹筒　乾柳枝 燒黑灰各二兩　鉛粉 二錢

黃丹 三兩　焰硝 六錢

右同為末每用七許以燈爇著於上焚香

月禪師香煤

杉木烰炭四兩　硬羊脛炭二兩　竹烰炭二兩

黄丹半兩　海金砂半兩

右同為末拌匀每用二錢置爐紙燈點候透紅以冷灰薄覆

閻資欽香煤

柏葉多採之摘去枝梗洗淨日中曝乾剉碎不用墳墓

間者入淨罐内以鹽泥固濟炭火煆之石剉細研每用一二錢置香爐灰上以紙燈點候匀遍焚香時時添之可以終日

香餅香煤好事者為之其實用只須櫟炭一塊

製香灰

香灰 新

細葉杉木枝燒灰用火一二塊養之經宿羅過裝爐

每秋間採松鬚曝乾燒灰用養香餅 未化石灰搥碎

羅過鍋內炒令紅候冷又研又羅一再為之作養爐灰潔白可愛日夜常以火一塊養之仍須用蓋若塵埃則黑矣　礦灰六分爐灰四分和勻大火養灰焚炷香

蒲燒灰裝爐如雪　紙石灰杉木灰各等分以米湯同和煆過用　頭青朱紅黑煤土黃各等分雜於紙中裝爐名錦灰　紙灰炒通紅羅過或稻梁燒灰皆可用

乾松花燒灰裝香爐最潔　茄灰亦可藏火火久不息

蜀葵枯時燒灰妙

爐灰鬆則養火久實則退今惟用千張紙灰最妙爐中晝夜火不絶灰每月一易佳他無需也

香珠

香珠之法見諸道家者流其來尚矣若夫茶藥之屬豈亦漢人含雞舌香之遺製乎兹故録之以備聞見庶幾恥一物不知之意云

孫功甫廉訪木犀香珠

木犀花蓓蕾未全開者開則無香矣露未晞時用布幔

鋪如無幔淨掃樹下地面令人登梯上樹打下花蕊擇
去硬葉精揀花蕊用中樣石磨磨成漿次以布複包裹
榨壓去水將已乾花料盛貯新磁器内逐旋取出於乳
鉢内研令細輭用小竹筒為則度築劑或以滑石平片
刻竅取則手搓員如小錢大竹簽穿孔置盤中以紙四
五重襯藉日傍陰乾稍健可百顆作一串用竹弓絣挂
當風處吹八九分乾取下每十五顆以潔淨水畧畧揉
洗去皮邊青黑色又用盤盛於日影中映乾如天陰晦

紙隔之於慢火上焙乾新綿裹收時時覷則香味可數年不失其磨乳丸洗之際忌穢汚婦鐵器油鹽等觸犯

瑣碎録云木犀香念珠須入少許木香

龍涎香珠

大黄一兩半　甘松一兩二錢　川芎一兩半

牡丹皮一兩二錢　藿香一兩二錢　柰子一兩一錢

以上六味並用酒潑留一宿次日五更以後藥一處拌匀於露天安頓待日出晒乾

白芷二兩　零陵香一兩半　丁皮一兩二錢

檀香三兩　滑石一兩二錢另研　白芨六兩煑糊

芸香二兩洗乾另研　白礬一兩二錢另研　好棧香二兩

春皮一兩二錢　樟腦一兩　麝香半字

圓晒如前法旋入龍涎腦麝

香珠一

天寶香一兩　土光香半兩　速香一兩

蘇合香半兩　牡丹皮二兩　降真香半兩

茅香一錢半　草香一錢　白芷二錢豆腐蒸過

三柰二錢仝上　丁香半兩　藿香五錢

丁皮一兩　槀本半兩　細辛二分

白檀一兩　麝香檀一兩　零陵香二兩

甘松半兩　大黄二兩　茘枝殻二錢

麝香一拘　黄蠟一兩　滑石量用

石羔五錢　白芨一兩

右料蜜梅酒松子三柰白芷　糊夏白芨春秋瓊枝

冬阿膠　黑色竹葉灰石膏　黃色檀香蒲黃　白色滑石麝檀　菩提色細辛牡丹皮檀香麝檀大黃石羔　沉香噀濕用蠟圓打輕者用水噀打

香珠二

零陵香酒洗　甘松酒洗　木香少許

茴香等分　丁香等分　茅香酒洗

川芎少許　藿香酒洗此物奪香味少用　檀香等分

桂心少許　白芷麪裹煨熟去麪　牡丹皮酒浸一日晒乾

三柰子（如白芷製少許）大黄（蒸過此項收香味又且染色多用無妨）

右四件宜少用餘俱等分如前製度晒乾和合為細末用白芨和麪打糊為劑隨大小圓趂濕穿孔半乾用麝香檀稠調水為衣

收香珠法

凡香環佩帶念珠之屬過夏後須用木賊草擦去汁垢庶不蒸壞若蒸損者以温湯洗過晒乾其香如初（温子皮）

香珠燒之香徹天

香珠以雜香擣之丸如桐子大青繩穿此三皇真元之香珠也燒之香徹天三洞珠囊

交趾香珠

交趾以泥香揑成小巴豆狀琉璃珠間之綵絲貫之作道人數珠入省地賣南中婦人好帶之

余曾見交趾珠外用朱砂為衣内用小銅管穿繩製極精嚴

香藥

丁沉煎圓

丁香二兩半　沉香四錢　木香一錢

白豆蔻二兩　檀香二兩　甘松四兩

右為細末以甘草和膏研勻為圓如芡實大每用一圓噙化常服調順三焦和養榮衛治心胸痞滿

木香餅子

木香　檀香　丁香

甘草　肉桂　甘松

硇砂　丁皮　莪术各等分

莪术醋煮過用鹽水浸出醋漿水浸三日為末蜜和

同甘草膏為餅每服三五枚

荳蔻香身丸

丁香　青木香　藿香

甘松各一兩　白芷　香附子

當歸　桂心　檳榔

荳蔻各半兩　麝香少許

右為細末煉蜜為劑入少酥油丸如梧桐子大每服二十丸逐旋噙化咽津久服令人身香

透體麝臍丹

川芎　松子仁　柏子仁

菊花　當歸　白茯苓

藿香葉各一兩

右為細末煉蜜為丸如桐子大每服五七丸温酒茶清任下去諸風明目輕身辟邪少夢悅澤顏彩令人

身香

獨醒香

乾葛　烏梅　甘草

硇砂各二兩　枸杞子四兩　檀香半兩

百藥煎半斤

右為極細末滴水為丸如鷄頭大酒後三二丸細嚼之醉而立醒

香茶

經進龍麝香茶

白荳蔲一兩去皮　白檀末七錢　百藥煎五錢

寒水石五錢薄荷汁製　麝香四分　沉香三錢

片腦二錢　甘草末三錢　上等高茶一斤

右為極細末用淨糯米半斤煮粥以密布絞取汁置淨盌内放冷和劑不可稀軟以硬為度於石板上杵二三時辰如黏用蘇合油二兩煎沸入白檀香五片脱印時以小刀刮背上令平衛州韓家方

孩兒香茶

孩兒香一斤　高茶末三兩　麝香四錢

薄荷霜半兩　川百藥煎一兩研極細

片腦二錢五分或糠米者韶腦不可用

右六味一處和匀用白糯米一升半淘洗令淨入鍋內放冷高四指煮作糕糜取出十分冷定於磁盆內揉和成劑却於平石砧上杵千餘下以多為妙然後將花脫灑油少許入劑作餅於潔淨透風篩子頓放

陰乾貯磁器内青紙襯裹密封

香茶一

上等細茶一斤　片腦半兩　檀香三兩

沉香一兩　硇砂三兩　舊龍涎餅一兩

右為細末以甘草半斤剉水一盌半煎取淨汁一盌

入麝香米三錢和匀隨意作餅

香茶二

龍腦　麝香雪梨製　百藥煎

揀草　寒水石各三錢　高茶一斤

硼砂一錢　白荳蔻二錢

右同研細末以熬過熟糯米粥淨布絞取濃汁和勻

石上杵千餘下方脫花樣

欽定四庫全書

香乘卷二十一

明 周嘉胄 撰

印篆諸香附旁通香圖二 信靈香

定州公庫印香

棧香　檀香　零陵香

藿香　甘松已上各一兩　大黃半兩

茅香半兩蜜水酒浸炒令黃色

右擣羅為末用如常法

凡作印篆須以杏仁末少許拌香則不起塵及易出脱後皆倣此

和州公庫印香

沉香十兩細剉　檀香八兩細剉如棋子　生結香八兩

零陵香四兩　藿香葉四兩焙乾　甘松四兩去土

草茅香四兩去塵土　香附二兩色紅者去黑皮　麻黄二兩去根細剉

甘草二兩粗者細剉　乳香纓二兩高頭秤　龍腦七錢生者尤妙

麝香七錢　焰硝半兩

右除腦麝乳硝四味別研外餘十味皆焙乾擣羅細末盒子盛之外以紙包裹仍常置暖處旋取燒之切不可泄氣陰濕此香於幃帳中燒之悠揚作篆熏衣亦妙別一方與此味數分兩皆同惟腦麝焰硝各增一倍草茅香須茅香乃佳每香一兩仍入製過甲香半錢本太守馮公由義子宜行所傳方也

百刻印香

棧香一兩　檀香　沉香

黃熟香　零陵香　藿香

茅香已上各二兩　土草香半兩去土　盆硝半兩

丁香半兩　製甲香七錢半一本七分半

龍腦少許細研作篆時旋入

右為末同燒如常法

資善堂印香

棧香三兩　黃熟香一兩　零陵香一兩

藿香葉一兩　沉香一兩　檀香一兩

白茅香花一兩　丁香半兩　甲香製三分

龍腦香三錢　麝香三分

右杵羅細末用新瓦鑵子盛之昔張全真叅政傳張瑞遠丞相甚愛此香每日一盤篆烟不息

龍涎印香

檀香　沉香　茅香

黃熟香　藿香葉　零陵已上各十兩

甲香七兩半　盆硝二兩半　丁香五兩半

棧香三十兩剉

右為細末和匀燒如常法

又方沈譜

夾棧香半兩　白檀香半兩　白茅香二兩

藿香二錢　甘松半兩去土　甘草半兩

乳香半兩　丁香半兩　麝香四錢

甲香三分　龍腦一錢　沈香半兩

右除龍麝乳香別研餘皆擣羅細末拌和令勻用如

常法

乳檀印香

黄熟香六斤　香附子五兩　丁皮五兩

藿香四兩　零陵香四兩　檀香四兩

白芷四兩　棗半斤焙　茅香二斤

茴香二兩　甘松半斤　乳香一兩細研

生結香四兩

右搗羅細末燒如常法

供佛印香

棧香一斤　甘松三兩　零陵香三兩

檀香一兩　藿香一兩　白芷半兩

茅香五錢　甘草三錢　蒼腦三錢别研

右為細末焚如常法

無比印香

零陵香一兩　甘草一兩　藿香一兩

香附子一兩　茅香二兩蜜湯浸一宿不可水多晒乾微炒過

右為末每用先於模擦紫檀末少許次布香末

夢覺菴妙高印香共二十四味按二十四炁用以供佛

沉速　黄檀　降香

乳香　木香已上各四兩　丁香

撿芸香　薑黄　玄參

牡丹皮　丁皮　辛夷

白芷已上各六兩　大黄　藁本

獨活　藿香　茅香

茘枝殼　馬蹄香　官桂已上各八兩

鐵面馬牙香一斤　官粉一兩　炒硝一錢

右為末和成入官粉炒硝印用之此二味引火印燒

無斷滅之患

水浮印香

紫灰一升或紙灰　黄蠟兩塊茘枝大

右同入鍋內煼盡為度每以香末脫印如常法將灰

於面上攤勻以裁薄紙依香印大小襯灰覆放敲下置水盆中紙自沉去仍輕手以紙炷點香

寶篆香 洪

沉香一兩　丁香皮一兩　藿香葉一兩

夾棧香二兩　甘松半兩　零陵香半兩

甘草半兩　甲香半兩製　紫檀三兩製

焰硝三分

右為末和勻作印時旋加腦麝各少許

香篆新一名壽香

乳香　乾蓮草　降真香

沉香　檀香　青皮片燒灰作炷

貼水荷葉　男孩胎髮一箇　瓦松

木律　麝香少許　龍腦少許

山棗子

右十四味為末以山棗子搽和前藥陰乾用燒香時以玄參末蜜調筯梢上引烟寫字畫人物皆能不散

欲其散時以車前子末彈於烟上即散

又方

歌曰乳旱降沉檀藿青貼髮山斷松雄律字腦麝馥空間

每用銅筯引香烟成字或云入針砂等分以筯梢夾磁石少許引烟任意作篆

丁公美香篆

乳香半兩別本一兩　水蛭三錢　鬱金一錢

壬癸蟲二錢科斗是　定風草半兩即天麻苗　龍腦少許

右除龍腦乳香别研外餘皆為末然後一處和匀滴水為丸如梧桐子大每用先以清水濕過手焚香烟起時以濕手按之任從巧意手要常濕

歌曰乳蛭壬風龍欲煎獸爐爇處發祥烟竹軒清夏寂無事可愛翛然逐晝眠

信靈香一名三神香

漢明帝時真人燕濟居三公山石窰中苦毒蛇猛獸邪

魔干犯遂下山改居華陰縣菴中栖息三年忽有三道者投菴借宿至夜談三公山石窰之勝奈有邪侵内一人云吾有奇香能救世人苦難焚之道得自然玄妙可昇天界真人得香復入山中坐燒此香毒蛇猛獸悉皆遯黙忽一日道者散髪背琴虚空而來將此香方寫於石壁乘風而去題名三神香能開天門地戸通靈達聖入山可通猛獸可免刀兵瘟疫久旱可降甘霖渡江可免風波有火焚燒無火口嚼從空噴於起處龍神護助

靜心修合無不靈驗

沉香　乳香　丁香

白檀香　香附　藿香

甘松已上各二錢　遠志一錢　藁本三錢

白芷三錢　玄參二錢　零陵香

大黄　降真　木香

茅香　白芨　栢香

川芎　三柰

用甲子日攢和丙子日擣末戊子日和合庚子日印餅壬子日入盒收起煉蜜為丸或刻印作餅寒水石為衣出入帶入葫蘆為妙

又方減四香分兩稍異

沉香　白檀香　降真香

乳香各一錢　苓苓香八錢　大黄二錢

甘松一兩　藿香四錢　香附子一錢

玄參二錢　白芷八錢　藳本八錢

此香合成藏淨器中仍用甲子日開先燒三餅供養天地神祇畢然後隨意焚之修合時切忌婦人雞犬見

香乘卷二十一

香乘卷二十二

明 周嘉胄 撰

印篆諸香

五夜香刻 宣州石刻

穴壺為漏浮木為箭自有熊氏以來尚矣三代兩漢迄今遵用雖制有工拙而無以易此國初得唐朝水秤作用精巧與杜牧宣潤秤漏頗相符合後燕肅龍圖守梓

州作蓮花漏上進近又吴僧瑞新創杭湖等州秤漏例
皆疏畧慶歷戊子年初預班朝十二日起居退宣許百
官於朝堂觀新秤漏因得詳觀而黙識焉始知古今之
制都未精究蓋少第二秤之水奩致漏滴有遲速也亘
古之闕由我朝購求而大備邪嘗率愚短竊倣成法施
於婺睦二州鼓角樓熈寧癸丑歳大旱夏秋愆雨井泉
枯竭民用艱飲時待次梅溪始作百刻香印以準昏曉
又增置五夜香刻如左

百刻香印

百刻香印以堅木為之山梨為上楠樟次之其厚一寸二分外徑一尺一寸中心徑一寸無餘用文處分十二界迂曲其文横路二十一重路皆濶一分半鋭其上深亦如之每刻長二寸四分凡一百刻通長二百四十分每時率二尺計二百四十寸凡八刻三分刻之一其近中狹處六暈相屬亥子也丑寅也卯辰也巳午也未申也酉戌也陰盡以至陽也戌未則入亥以上之長暈外各相連陽時六

皆順行自小以入大從微至著也其向戌亥陽終以入

陰也亥之末則至子以上六狹處內各相連以上陰時六皆逆行從大以入小

陰生滅也並無斷際猶環之無端也每起火各以其時

大抵起午正第三路近中是或起日出視歷日日出卯視卯正幾刻不定斷

際起火處也

五更印刻三種

上印最長自小雪後大雪冬至小寒後單用其次有甲

乙丙丁四印並兩刻用

中印最平自驚蟄後至春分後單用秋分同其前後有

戊己印各一並單用

末印最短自芒種前及夏至後小暑後單用其前有庚

辛壬癸四印並兩刻用

香乘卷二十二

香乘卷二十三

明　周嘉胄　撰

晦齋香譜

晦齋香譜序

香多產海外諸蕃貴賤非一沉檀乳甲腦麝龍棧名雖書譜真偽未詳一草一木乃奪乾坤之秀氣一幹一花皆受日月之精華故其靈根結秀品類靡同但

焚香者要諳味之清濁辨香之輕重邇則為香迴則為馨真潔者可達穹蒼混雜者堪供賞玩琴臺書几最宜柏子沉檀酒宴花亭不禁龍涎棧乳故諺語云焚香掛畫未宜俗家誠斯言也余今春季偶於湖海獲名香新譜一冊中多錯亂首尾不續讀書之暇對譜修合一一試之擇其美者隨筆錄之集成一帙名之曰晦齋香譜以傳好事者之備用也

香煤

凡香灰用上等風化石灰不拘多少羅過用稠米飲和成劑丸如毬子如拳大晒乾用炭火煅通紅候冷碾細羅過裝爐次用好青椆炭灰亦可切不可用竈灰及積下陳灰恐猫鼠穢污地氣蒸發焚香穢氣相雜大損香之真味

四時燒香炭餅

堅硬黑炭三斤　黄丹　定粉

針砂　軟炭各五錢

右先將炭碾為末羅過次加丹粉砂硝同碾匀紅棗一升煮去皮核和擣前炭末成劑如棗肉少就加煮棗湯杵數百作餅大小隨意晒乾用時先埋於爐中

葢以金火引子小半匙用火或燈點焚香

金火引子

定粉　　黃丹　　柳炭

右同為細末每用小半匙葢於炭餅上用時著火或燈點燃

五方真炁香

東閣藏春香 按東方青氣屬木主春季宜華筵焚之有百花氣味

沉速香二兩 檀香五錢 乳香

丁香 甘松各一錢 玄參一兩

麝香一分

右為末煉蜜和劑作餅子用青柏香末為衣焚之

南極慶壽香 按南方赤氣屬火主夏季宜壽筵焚之此是南極真人瑤池慶壽香

沉香 檀香 乳香

金沙降 各五錢 安息香 玄參 各一錢

大黃 五分 丁香 一字 官桂 一字

麝香 三字 棗肉 三箇煮去皮核

右為細末加上棗肉以煉蜜和劑托出用上等黃丹為衣焚之

西齋雅意香 按西方素氣主秋宜書齋經閣内焚之有親燈火閱簡編消酒襟懷之趣云

玄參 酒浸洗四錢 檀香 五錢 大黃 一錢

丁香三錢　甘松二錢　麝香少許

右為末煉蜜和劑作餅子以煆過寒水石為衣焚之

北苑名芳香　按北方黑氣主冬季宜圍爐賞雪焚之有幽蘭之馨

楓香二錢半　玄參二錢　檀香二錢

乳香一兩五錢

右為末煉蜜和劑加柳炭末以黑為度脫出焚之

四時清味香　按中央黃氣屬土主四季月宜畫堂書館酒榭花亭皆可焚之此香最能解穢

茴香一錢半　丁香一錢半　零陵香五錢

檀香五錢　甘松一兩　腦麝少許令研

右為末煉蜜和劑托餅用煆鉛粉黄為衣焚之

醍醐香

乳香　沉香各二錢半　檀香一兩半

右為末入麝少許煉蜜和劑托餅焚之

瑞和香

金沙降　檀香　丁香

茅香　零陵香　乳香各一兩

藿香二錢

右為末煉蜜和劑脫餅焚之

寶爐香

丁香皮　甘草　藿香

樟腦各一錢　白芷五錢　乳香二錢

右為末入麝一字白芨水和劑脫餅焚之

龍涎香

沉香五錢 檀香 廣安息香

蘇合香各二錢五分

右為末煉蜜加白芨末和劑脫餅焚之

翠屏香宜花館翠屏間焚之

沉香二錢半 檀香五錢 速香畧炒

蘇合香各七錢五分

右為末煉蜜和劑脫餅焚之

蝴蝶香春月花圃中焚之蝴蝶自至

檀香　甘松　玄參

大黄（酒浸）　金沙降　乳香（各一兩）

蒼术（二錢半）　丁香（三錢）

右為末煉蜜和劑作餅焚之

金絲香

茅香（一兩）　金沙降　檀香

甘松　白芷（各一錢）

右為末煉蜜和劑作餅焚之

代梅香

沉香 藿香各一錢半 丁香三錢

樟腦一分半

右為末生蜜和劑入麝一分作餅焚之

三奇香

檀香 沉速香各二兩 甘松葉一兩

右為末煉蜜和劑作餅焚之

瑶華清露香

沉香一錢　檀香二錢　速香二錢

薰香二錢半

右為末煉蜜和劑作餅焚之

三品清香已上皆線香

瑤池清味香

檀香　金沙降　丁香各七錢半

沉速香　速香　官桂

槀本　蜘蛛香　羌活各一兩

三柰　良姜　白芷各一兩半
甘松　大黄各二兩　芸香
樟腦各二錢　硝六錢　麝香三分
右為末將芸香腦麝硝另研同拌匀每香末四升兑
柏泥二升共六升加白芨末一升清水和杵匀造作
線香

玉堂清露香

沉速香　檀香　丁香

槀本　蜘蛛香　樟腦各一兩

速香　三柰各六兩　甘松

白芷　大黃　金沙降

玄參各四兩　羌活　牡丹皮

官桂各二兩　良姜一兩　麝香三錢

右為末入焰硝七錢依前方造

璠林清遠香

沉速香　甘松　白芷

良姜　大黄　檀香各七錢

丁香　丁皮　三柰

藁本各五錢　牡丹皮　羌活各四錢

蜘蛛香二錢　樟腦　零陵各一錢

右為末依前方造

二洞真香

真品清奇香

芸香　白芷　甘松

三柰 藁本各二兩 降香三兩
柏苓一斤 焰硝六錢 麝香五分
右為末依前方造或加兜婁香泥白芨

真和柔遠香

速香末二升 柏泥四升 白芨末一升
右為末入麝三字清水和造

真全嘉瑞香

羅漢香 芸香各五錢 柏鈴三兩

右為末用柳炭末三升柏泥白芨依前方造

黑芸香

芸香五兩　柏泥二升　柳炭末二升

右為末入白芨三合依前方造

石泉香

楓香一兩半　羅漢香三兩　芸香五錢

右為末入硝四錢用白芨柏泥造

紫藤香

降香四兩　柏鈴三兩半

右為末用柏泥白芨造

欖脂香

橄欖脂三兩半　木香酒浸　沉香各五錢

檀香一兩　排草酒浸半日炒乾　楓香

廣安息　香附子炒去皮酒浸一日炒乾各二兩半

麝香少許　柳炭八兩

右為末用兜婁柏泥白芨紅棗煮去皮核用肉造

清穢香 此香能解穢氣避惡

蒼术八兩 速香十兩

右為末用柏泥白芨造一方用麝少許

清鎮香 此香能清宅宇辟諸惡穢

金沙降 安息香 甘松各六錢

速香 蒼术各二兩 焰硝一錢

右用甲子日合就碾細末兑柏泥白芨造待乾擇黄道日焚之

首序自云此譜得從湖海中多錯亂首尾不續似未得其完全者收之其五方五清翠屏蝴蝶等香更又備諸家之所未載殊為此乘之一助云

香乘卷二十三

欽定四庫全書

香乘卷二十四

明 周嘉冑 撰

墨娥小録香譜

四棄餅子香

荔枝殻　松子殻　梨皮

甘蔗柤

右各等分為細末梨汁和丸小雞頭大捻作餅子或

搓如粗燈草大陰乾燒炒加降真屑檀末同碾尤佳

造數珠

徘徊花去汁秤二十兩爛搗碎　沉香一兩二錢

金顏香半兩細研　腦子半錢另研

右和勻每濕秤一兩半作數珠二十枚臨時大小加減合時須於淡日中曬天陰令人著肉乾尤妙盛日中不可曬

木犀印香

木犀不以多少研一次晒乾為末每用五兩　檀香二兩

赤倉腦末四錢 金顔香三錢 麝香一錢半

右為末和匀作印香燒

聚香烟法

艾納大松上青苔衣 酸棗仁

凡修諸香須入艾納和匀焚之香烟直上三尺結聚成毬氤氳不散更加酸棗仁研入香中其烟自不散

分香烟法

枯荷葉

凡缸盆内栽種荷花至五月間候荷葉長成用蜜塗葉上日久自有一等小蟲食盡葉上青翠其葉紗枯摘取去柄曬乾為細末如合諸香入少許焚之其烟直上盤結而聚用筯任意分劃或為雲篆或作字體皆可

賽龍涎餅子

樟腦一兩　東壁土三兩擂末　薄荷自然汁

右將土汁和成劑日中曬乾再搗汁浸再曬如此五

度候乾研為末入樟腦末和匀更用汁和作餅陰乾
為香用香錢隔火焚
出降真油法
將降真截二寸長劈作薄片江茶水煮三五次其油盡
去也
製檀香
將香剉如麻粒慢火炒令烟出候紫色去盡腥氣即止
又法劈片用好酒慢火煮畧炒

又法製降檀須用臘茶同浸漉出微炒

製茅香

擇好者剉碎用酒蜜水灑潤一宿炒令黃色為度

香篆盤

春秋中晝夜各五十刻篆盤徑二寸八分蟠曲共長二尺五寸五分不可多餘但以此為則或欲增減量晝夜刻數為之

取百花香水

采百花頭滿甑裝之上以盆合蓋周回絡以竹筒半破就取蒸下倒流香水貯用為之花香此乃廣南真法極妙

薔薇香

茅香（一兩） 零陵（一兩） 白芷（半兩）

細辛（半兩） 丁皮（一兩微炒） 白檀（半兩）

茴香（一錢）

右七味為末可佩可燒

瓊心香

白檀 三兩 樟腦 一錢

右為末麪糊脫餅子焚之

香煤一字金

羊脛骨 杉木炭 各半兩 韶粉 五錢半

右和勻每用一小題燒過如金

香餅

紙錢灰 石灰 杉樹皮毛 燒灰

右為末米飲和成餅子

又

羊脛骨一斤 紅花滓 定粉各二兩

右為末以糊和作餅子

又

炭末五斤 鹽 黃丹

鋮砂各半斤

右以糊捻成餅或擣蜀葵和尤佳

又

硬木炭十斤　鹽十兩　石灰一斤

乾葵花一斤四兩　紅花十二兩　焰硝十二兩

右為末糯米糊和勻模脱燒香用之火不絶

鴛頭香

好籛香五兩　檀香一兩　乳香半兩

甘松一兩　松納衣一兩　麝香五分

右為末用蜜一斤煉和作餅陰乾

線香

甘松　大黄　柏子

北棗　三柰　藿香

苓苓　檀香　土花

金顏香　薰花　荔殼

佛尼降真各五錢　暫香二兩　麝香少許

右如法製造

又

檀香　藿香　白芷

樟腦　馬蹄香　荆皮

牡丹皮　丁皮各半兩　玄參

苓苓　大黄各一兩　甘松

三賴　辛夷花各一兩半　芸香

茅香二兩　甘菊花四兩

右為極細末又於合香石上搥之令十分稠密細膩

却依法製造前件料内入蚯蚓糞則灰燼拳連不斷

若入松樹上成窩苔蘚如圓錢者及帶柄小蓮蓬則

烟直而圖

飛樟腦

樟腦不問多少研細同篩過細壁土拌匀攤碗內掠薄荷汁灑土上又一碗合定濕紙條固縫了蒸之少時其樟腦飛上碗底皆成氷片腦子

前十五卷內已載數法兹稍異亦存之

熏衣笑蘭梅花香

白芷四兩碎切　甘松一兩　零陵香一兩

三柰一兩　檀香片一兩　丁皮一兩
丁枝半兩　望春花一兩辛夷也　金絲茅香三兩
細辛二錢　馬蹄香二錢　川芎二塊
麝香少許　千斤草二錢　粞腦少許另

右各㕮咀雜和篩下屑末却以腦麝乳極細入屑末和勻另置錫合中密盖將上項藥隨多少作貼後却撮屑末少許在內其香不可言也今市中之所賣者皆無此二味所以不妙也

紅緑軟香

金顔香牙子四兩　檀香末半兩　蘇合油半兩

麝香五分

右和勻紅用板硃緑用砂緑約用三錢以黄蠟鎔化

和就古人止有紅者蓋用辰砂在内所以聞其香而

食其味皆可以辟穢氛也

合木犀香珠器物

木犀揀浸過年壓乾者一斤　錦紋大黄半兩　黄檀香炒一兩

白墡土 折二錢大一塊

右並搥碎隨意製造

藏春不下閣香

棧香 二十兩　速香 三兩　沉香 二兩

黃檀 五兩　射檀 五兩　金顏香 二錢

乳香 二錢　麝香 一錢　腦子 一錢

白芨 二十兩

右並為末搥極細水和印成餅一箇一箇攤漆卓上

於有風處陰乾輕輕用手推動翻置竹篩中陰乾不

要揭起若然則破碎不全

藏木犀花

木犀花半開時帶露打下其樹根四向先用被袱之類

鋪張以盛之既得花揀去枝葉蟲蝗之類於淨卓上再

以竹篦一朶朶剔擇過所有花蒂及不佳者皆去之然

後石盆畧舂令徧不可十分細裝新瓶內按桊令十分

堅實却用乾荷葉數層鋪面上木條擒定或枯竹片尤

好若用青竹則必作臭如此了放用井水浸冬月五日一易水春秋三二日夏月一日切記裝花時須是以瓶腹三分為率內二分裝花一分著水若要用時逼去水去竹木去荷葉隨意取了仍舊如前收藏經年不壞顏色如金

長春香

川芎　辛夷　大黄

江黄　乳香　檀香

甘松去土各半兩　丁皮　丁香

廣芸香　三柰各一兩　千金草一兩

茅香　玄參　牡丹皮各二兩

藁本　白芷　獨活

馬蹄香去土各二兩　藿香一兩五錢　荔枝殼新者一兩

右為末入白芨末四兩作劑陰乾不可見大日色

太饍香麯

木香　沉香各一兩　丁香

甘草　砂仁　藿香各五兩

白芷　乾桂花　茯苓各二兩半

白术一兩　白蓮花一百朵取鬚用　甜瓜五十箇搗取自然汁

右為細末用麫六十斤糯米粉四十斤和勻瓜汁拌成餅為度每米一斗用麯十兩下水八升

製香薄荷

寒水石研極細篩羅過以薄荷二斤交加於鍋內傾水二碗於上以瓦盆蓋定用紙濕封四圍文武火蒸熏兩

頓飯久氣定方開微有黄色嘗之凉者是加龍腦少許用揚州崔家方

採諸譜於重複外隨類附部獨晦齋譜與此全收之墨娥内香餅刪去二方移本集香薄荷附香麴後

香乘卷二十四

香乘卷二十五

明 周嘉胄 撰

獵香新譜

宣廟御衣攢香 秘傳

玫瑰花四錢　檀香二兩咀細片茶葉煮　木香花四兩

沉香二兩咀片蜜水煮過　茅香一兩酒蜜煮炒黃色　茴香五分炒荷色

丁香五錢　木香一兩　倭草四兩去土

零陵葉三兩茶滷洗過　甘松一兩蜜水蒸過　藿香葉五錢

白芷五錢共成咀片　麝二錢　片腦五分

蘇合油一兩　欖油二兩

共合一處研細拌匀

御前香

沉香三兩五錢　片腦二錢四分　檀香一錢

龍涎五分　排草腦二錢　唵叭五錢

麝香五分　蘇合油一錢　榆麪二錢

花露四兩

印餅用

內甜香

檀香四兩　沉香四兩　乳香二兩

丁香一兩　木香一兩　黑香二兩

郎苔六錢　黑速四兩　片腦各三錢

排草三兩　合油五兩　大黃五錢

官桂五錢　金顏香二兩　陵葉二兩

右入油和匀加煉蜜和如泥磁礶封一次二分

內府香衣香牌

檀香八兩　沉香四兩　速香六兩

排香一兩　倭草二兩　苓香三兩

丁香二兩　木香三兩　官桂二兩

桂花二兩　玫瑰四兩　麝香五錢

片腦五錢　合油四兩　甘松六兩

榆末六兩

右以滚熱水和勻上石碾碾極細窨乾雕花如用玄色加木炭末

世廟枕頂香

棧香八兩　檀香　藿香

丁香　沉香　白芷已上各四兩

錦紋大黄　茅山蒼朮　桂皮

大附子極大者研末　遼細辛　排草

廣零陵香　排草鬚已上各二兩　甘松

三柰　金顏香　黑香

辛夷已上各三兩　龍腦一兩　麝香

龍涎五錢　安息香一兩　茴香一兩

共二十四味為末用白芨糊入血結五錢杵擣千餘

下印枕頂式陰乾製枕

余屢見枕板香塊自大內出者旁有嘉靖某年造填

金字以之鋸開作扇牌等用甚香有不甚香者應料

有殊等上用者香珍至給宮嬙平等料耳

香牌扇

檀香一斤　大黄半斤　廣木香半斤

官桂四兩　甘松四兩　官粉一斤

麝五錢　片腦八錢　白芨麪一斤

印造各式

玉華香

沉香四兩　速香四兩黑色者　檀香四兩

乳香二兩　木香一兩　丁香一兩

郎胎六錢　唵叭香三兩　麝香三錢

龍腦三錢　廣排香三兩出交趾者　蘇合油五錢

大黄五錢　官桂五錢　金顔香二兩

廣零陵用葉一兩

右以香料為末和入蘇合油揉匀加煉好蜜再和如濕泥入磁瓶錫蓋蠟封口固每用二三分

慶真香

沉香一兩　檀香五錢　唵叭一錢

麝香一錢　龍腦一錢　金顏香三錢
排香一錢五分
用白芨末成糊脫餅焚之
萬春香
沉香　結香　零陵香
藿香　茅香　甘松已上各十二兩
甲香　龍腦　麝各三兩
檀香　三柰五兩　丁香三兩

煉蜜為濕膏入磁瓶封固取焚之

龍樓香

沉香一兩二錢　檀香一兩五錢　片速二兩

排草二兩　丁香五錢　龍腦

金顔香二錢　唵叭一錢　郎胎二錢

三柰二錢四分　官桂三分　芸香三分

甘麻然五分　欖油五分　甘松五分

藿香五分　撒醐蘭五分　零陵香一錢

樟腦一錢　降香五分　白荳蔻一錢

大黄一錢　乳香一錢　硝一錢

榆麪一兩二錢

散用如印餅和蜜去榆麪

恭順壽香餅

檀香四兩　沉香二兩　速香四兩

黄脂一兩　郎苔一兩　零陵二兩

丁香五錢　乳香五錢　藿香三錢

黑香五錢　肉桂五錢　木香五錢

甲香一兩　蘇合一兩五錢　大黃二錢

三柰一錢　官桂一錢　片腦一錢

麝香一錢五分　龍涎一錢五分

以白芨隨用為末印餅

臞仙神隱香

沉香　檀香各一兩　龍腦

麝香各一錢　棋楠香　羅合

欖子　滴乳香各五錢

右味為末煉蔗漿和為餅焚用

西洋片香

黃脂一兩　龍涎二兩　安息一錢

黑香二兩　乳香二兩　官桂五錢

綠芸香三錢　丁香一兩　沉香二兩

檀香二兩　酥油一兩　麝香一錢

片腦五分　炭末六兩　花露一兩

右煉蜜和匀為度乘熱作片印之

越鄰香

檀香六兩　沉香四兩　黑香四兩

丁香一兩五錢　木香一兩　黄脂一兩

乳香一兩　藿香二兩　郎苔二兩

速香六兩　麝香五錢　片腦一錢

廣苓苓二兩　欖油一兩五錢　甲香五錢

以白芨汁上竹篾

芙蓉香

龍腦三錢　蘇合油五錢　撒馞蘭三分

沉香一兩五錢　檀香一兩二錢　片速三錢

生結香一錢　排草五錢　芸香一錢

甘麻然五分　唵叭五分　丁香一錢

郎苔三分　藿香三分　零陵香三分

乳香二分　三柰二分　欖油二分

榆麪八錢　硝一錢

和印或散燒

黄香餅

沉速香六兩　檀香三兩　丁香一兩

木香一兩　乳香二兩　金顏香一兩

唵叭香三兩　郎苔五錢　蘇合油二兩

麝香三錢　龍腦一錢　白芨末八兩

煉蜜四兩

和劑印餅用

黑香餅

用料四十兩加炭末一斤　蜜四斤

蘇合油六兩　麝香一兩　白芨半斤

欖油四斤　唵叭四兩

先煉蜜熟下欖油化開又入唵叭又入料一半將白芨打成糊入炭末又料一半然後入蘇合麝香揉勻

印餅

撒䤋蘭香

沉香三兩五錢　龍腦二錢四分　龍涎五分
檀香一錢　唵叭五分　麝香五分
撒醂蘭一錢　排草鬚二錢　蘇合油一錢
甘麻然三分　薔薇露四兩　榆麪六錢
印作餅燒之佳甚

玫瑰香

花一斤
入九三兩磨汁入絹袋灰乾有香花皆然

聚仙香

麝香（一兩）　蘇合油（八兩）　丁香（四兩）

金顏香（六兩另研）　郎苔（二兩）　欖油（一斤）

排草（十二兩）　沉香（六兩）　速香（六兩）

黄檀香（一斤）　乳香（四兩另研）　白芨麪（十二兩）

蜜（一斤）

已上作末為骨先和上竹心子作第一層趁濕又滾檀香二兩排草八兩沉香八兩速香八兩為末作滾

第二層成香紗篩眼乾一名安席香俗名棒兒香

沉速棒香

沉香二斤　速香二斤　唵叭香三兩

麝香五錢　金顏香四兩　乳香二兩

蘇合油六兩　檀香一斤　白芨末一斤八兩

煉蜜一斤八兩

和成滚棒如前

黄龍挂香

檀香六兩　沉香二兩　速香六兩

丁香一兩　黒香三兩　黄胭二兩

乳香一兩　木香一兩　三柰五兩

郎苔五錢　麝香一錢　蘇合五錢

片腦五分　硝二錢　炭末四兩

右煉蜜隨用和匀為度用線在内作成炷香銀絲作鈎

黒龍挂香

檀香六兩　速香四兩　黃熟二兩
丁香　黒香四錢　乳香六錢
芸香一兩　三柰三錢　良薑一錢
細辛一錢　川芎二錢　甘松一兩
欖油二兩　硝二錢　炭末四兩
以蜜隨用同前銅絲作鈎

清道引路香

檀香六兩　芸香四兩　速香二兩

黑香四兩　大黃五錢　甘松六兩
麝香殼二箇　飛過樟腦二錢　硝一兩
炭末四兩
右煉蜜和勻以竹作心形如安席大如蠟燭

合香

檀香六兩　速香六兩　沉香二兩
排草六兩　倭草三兩　苓苓香四兩
丁香二兩　木香　桂花二兩

玫瑰一兩　甘松二兩　茴香五分炒黃

乳香二兩　廣蜜六兩　片麝各二錢

銀硃五分　官粉四兩

右共為極細末香皁如合香料止去硃一種加石膏灰六兩煉蜜和勻為度

捲灰壽帶香

檀香六兩　速香四兩　片腦三分

茅香一兩　降香一錢　丁香二錢

木香一兩　大黄五錢　桂枝三錢
硝二錢　連翹五錢　柏鈴三錢
荔枝核五錢　蚯蚓糞八錢　榆麪六錢
右共為極細末滚水和作絶細線香
金猊玉兔香
用杉木燒炭六兩配以櫟炭四兩擣末加炒硝一錢用
米糊和成搮劑先用木刻狻猊兔子二塑圓混肖形如
墨印法大小任意當獸口處開一線入小孔獸形頭昂

尾底是訣將炭劑一半入塑中作一凹入香劑一段再加炭劑築完將鐵線針條作鑽從獸口孔中搠入至近尾止取起晒乾狻猊用官粉塗身遍上蓋黑墨兎子以絶細雲母粉膠調塗之亦蓋以墨二獸俱黑内分黄白二色每用一枚將尾向燈火上焚灼置爐内口中吐出香烟自尾隨變色樣金猊從尾黄起焚盡形若金妝蹲踞爐内經月不敗觸之則灰滅矣玉兎形儼銀色甚可觀也雖非雅供亦堪遊戲其中香料精粗隨人取用

取香和榆麪為劑撚作小指粗段長八九寸以獸腹大

小量入但令香不露出炭外為佳

金龜香燈 新

香皮 每以好烰炭研為細末紗篩過用黄丹少許和

却使白芨研細米湯調膠烰炭末勿令太濕 香心

茅香藿香零陵香三柰子柏香印香白膠香用水煮如

法去柏烟性漉上待乾成堆碾不成餅以上等分剉為

末和令停獨白膠香中半亦研為末以白芨末水調和

捻作一指大如橄欖形以烰炭為皮如棗饅頭入龜印却用針穿自龜口插從尾出脫龜印將香龜尾捻合焙乾燒時從尾起自然吐烟於頭燈明而且香每以油燈心或油紙撚點之

金龜延壽香 新

定粉半錢　黃丹一錢　烰炭一兩並為末

右研和薄糊調成劑雕兩片龜兒印脫裹別香在腹內以布針從口中穿到腹香烟出從龜口內燒過灰

冷龜色如金

窗前省讀香

菖蒲根　當歸　樟腦

杏仁　桃仁各五錢　芸香二錢

右研末用酒為丸或撚成條陰乾讀書有勌意焚之

爽神不思睡

劉真人幻烟瑞毬香

白檀香　降香　馬牙香

蘆香　甘松　三柰

遼細辛　香白芷　金毛狗脊

茅香　廣苓苓　沉香已上各一錢

黃盧干　官粉　鐵皮

雲母石　磁石已上各五分　水秀才一箇即水面寫字蟲

小兒胎毛一具燒灰存性

共為細末白芨水調作塊房內爐焚烟儼垂雲如將

葫花根下津用瓶接津調香內烟如雲垂天花也若

用猿毛灰桃毛和香其烟即猷猿桃象若用葡萄根下津和香其烟即猷葡萄象若出簾外焚之其烟高丈餘不散如噀水烟上即結蜃樓人馬象大有奇異妙不可言

香烟奇妙

沉香　藿香　乳香

檀香　錫灰　金晶石

右等分為末成丸焚之則滿室生雲

窨酒香丸

腦麝（二味同研） 丁香 木香

官桂 胡椒 紅荳

縮砂 白芷（已上各一分） 馬勃（少許）

右除龍麝另研外餘藥同擣為細末蜜為丸和如櫻桃大一斗酒置一丸於其中却封繫令密三五日開飲之其味特香美

香餅

柳木灰七錢　炭末三錢

用紅葵花搗爛爲丸此法最妙不損爐灰燒過瑩白如銀絲數條

又

槿木灰一兩五錢　杭粉六錢　榆樹皮六錢

硝四分

共爲極細末用滚水爲丸

燒香難消炭

竈中燒柴下火取出罈閉成炭不拘多少擣為末用塊子石灰化開取濃灰和炭末加水和匀以猫竹一筩劈作兩半合脱成餅晒乾燒用終日不消

燒香留宿火

好胡桃一枚燒半紅埋熱灰中經夜不滅

香餅古人多用之蔡忠惠以未得歐陽公清泉香餅為念諸譜製法頗多并攥入香屬近好事家謂香餅易壞爐灰無需此也止用堅實大櫟炭一塊為妙大

爐可經晝夜小爐亦可永日熒熒聊收一二方以備新譜之一種云

煮香

香以不得烟為勝沉水隔火已佳煮香逾妙法用小銀鼎注水安爐火上置沉香一塊香氣幽微翛然有致

面香藥 除雀斑酒刺

白芷　藁本　川椒

檀香　丁香　三柰

鷹糞　白蘚皮　苦參

防風　木通

右為末洗面湯用

頭油香內府秘傳第一妙方

新菜油十斤　蘇合油三兩衆香浸七日後入之

黄檀香五兩搥碎　廣排草去土五兩細切　甘松二兩去土切碎

茅山草二兩碎　三柰一兩細切　遼細辛一兩碎

廣苓苓三兩碎　紫草三兩粉碎　白芷二兩碎

乾木香花一兩紫心白底乾桂花一兩

將前各味製淨合一處聽用屋上瓦花去泥根淨四斤老生薑刮去皮二斤將花薑二味入油煎數十沸碧綠色為度濾去花薑渣熟油入罈冷定納前香料封固好日曬夜露四十九日開用罈用鉛錫妙

又方

茶子油六斤　丁香三兩為末　檀香二兩為末

錦紋大黃一兩　辟塵茄三兩　遼細辛一兩

辛夷一兩 廣排草二兩

將油隔水微火煑一炷香取起待冷入香料丁檀辟

麝茄為末用紗袋盛之餘切片入封固再曬一月用

兩朝取龍涎香

嘉靖三十四年三月司禮監傳諭戸部取龍涎香百斤

檄下諸藩懸價每斤償一千二百兩往香山澳訪買僅

得十一兩以歸内驗不同姑存之亟取真者廣州獄因

馬那别的貯有一兩三錢上之黒褐色密地都密地

山居人繼上六兩褐白色間狀云褐黑色者採在水褐

白色者採在山皆真不贋而密地山商周鳴和等再上

通前十七兩二錢五分馳進内辯萬歷二十一年十二

月太監孫順為備東宫出講題買五斤司劄驗香把總

蔣俊訪買二十四年正月進四十六兩再取於二十六

年十二月買進四十八兩五錢一分二十八年八月買

進九十七兩六錢二分自嘉靖至今海舶間上供稍稍

以龍涎來市始定買解事例每兩價百金然得此甚難

廣東通志

龍涎香 補遺

海旁有花若木芙蓉花落海大魚吞之腹中先食龍涎花燕入久即脹悶昂頭向石上吐沫乾枯可用惟糞者不佳若散碎皆取自沙滲力薄欲辯真偽投沒水中須臾突起直浮水面或取一錢口含之微有腥氣經一宿細沫已燕餘結膠舌上取出就淖稱之亦重一錢將淖者又乾之其重如故雖極乾枯用銀簪燒熱鑽入枯中

抽簪出其涎引絲不絶驗此不分褐白褐黑皆真東西洋考

丁香補遺

丁香東洋僅産於美洛居西人用以辟邪曰多置此則國有王氣故二國之所必爭同上

又

丁香生深山中樹極辛烈不可近熟則自墮雨後洪潦漂山香乃湧溪澗而出撈十數日不盡宋時充貢同上

香山

雨後香氊沿流滿山採拾不了故常帶泥沙之色王每
檄致之委積充棟以待他壤之售民間直取餘耳同上

龍腦補遺

腦樹出東洋文萊國生深山中老而中空乃有腦有腦
則樹無風自摇入夜腦行而上瑟瑟有聲出枝葉間承
露日則藏根柢間了不可得葢神物也西人俟夜静持
革索就樹柢肇東震撼自落同上

稅香

萬歷十七年提督軍門周詳允陸餉香物稅例
檀香成器者每百斤稅銀五錢不成器者每百斤稅銀
二錢四分
奇楠香每斤稅銀二錢四分
沉香每十斤稅銀一錢六分
龍腦每十斤上者稅銀三兩二錢中者稅銀一兩六錢
下者稅銀八錢
降真香每百斤稅銀四分

束香每百斤稅銀二錢一分

乳香每百斤稅銀二錢

木香每百斤稅銀一錢八分

丁香每百斤稅銀一錢八分

蘇合油每十斤稅銀一錢

安息香每十斤稅銀一錢二分

丁香枝每百斤稅銀二分

排草每百斤稅銀二銀

萬歷四十三年恩詔量減諸香料稅課

余髮未燥時留神香事鋭志此書今幸纂成不勝種松成鱗之感諸譜皆隨朝代見聞修採此所收一惟國朝大内及勲璫海賈以至市行時尚竒方秘製略備於此附兩朝取香稅香及補遺數則題為獵香新譜好事者試枯一二按法修製當悉其妙

香乘卷二十五

欽定四庫全書

香乘卷二十六

明 周嘉胄 撰

香爐類

爐之名

爐之名始見於周禮冢宰之屬宮人寢中共爐炭

博山香爐

漢朝故事諸王出閤則賜博山香爐

又

武帝内傳有博山香爐西王母遺帝者事物紀原

又

皇太子服用則有銅博山香爐一晉東宮舊事

又

泰元二十二年皇太子納妃王氏有銀塗博山連盤三

升香爐二同上

又

爐象海中博山下有槃貯湯使潤氣蒸香以象海之回環此器世多有之形制大小不一考古圖

古器款識必有取義爐蓋如山香從蓋出宛山騰嵐足盤環以呈山海象

綠玉博山爐

孫總監千金市綠玉一瑰嵯峨如山命工治之作博山爐頂上暗出香烟名不二山

九層博山爐

長安巧工丁緩製九層博山香爐鏤為奇禽怪獸窮諸靈異皆自然運動西京雜紀

被中香爐

丁緩作卧褥香爐一名被中香爐本出房風其法後絶至緩始更為之為機環轉運四周而爐體常平可置於被褥故以為名即今之香毬也同上

熏爐

尚書郎入直臺中給女侍史二人皆選端正指使從直

女侍史執香爐熏香以從入臺中給使護衣漢官儀

鵲尾香爐

法苑珠林云香爐有柄可執者曰鵲尾爐

又

宋王賢山陰人也既稟女質厥志彌高年及笄應適女兄許氏密具法服登車既至夫門時及交禮更著黃巾裙手執鵲尾香爐不親婦禮賔客駭愕夫家力不能屈乃放還出家梁大同初隱弱溪之間

又

吳興費崇先少信佛法每聽經常以鵲尾香爐置膝前

王琰 冥祥記

又

陶弘景有金鵲尾香爐

麒麟爐

晉儀禮大朝會即鎮官階以金鍍九天麒麟大爐唐薛能詩云獸坐金牀吐碧烟是也

天降瑞爐

貞陽觀有天降爐自天而下高三尺下一盤盤内出蓮花一枝十二葉每葉隱出十二屬葢上有一仙人帶遠遊冠披紫霞衣形容端美左手搘頤右手垂膝坐一小石石上有花竹流水松檜之狀雕刻奇古非人所能且多神異南平王取去復歸名曰瑞爐

金銀銅香爐

御物三十種有純金香爐一枚下盤自副貴人公主有

純銀香爐四枚皇太子有純銀香爐四枚西園貴人銅香爐三十枚魏武上雜物疏

夢天人手執香爐

陶弘景字通明丹陽秣陵人也父貞孝昌令初弘景母郝氏夢天人手執香爐來至其所已而有娠

香爐墮地

侯景簒位景牀東邊香爐無故墮地景呼東西南北皆謂為廂景曰此東廂香爐那忽下地議者以為湘東軍

下之徵梁書

覆爐示兆

齊建武中明帝名諸王南康侍讀江泌憂念府子琳訪

誌公道人問其禍福誌公覆香爐灰示之曰都盡無餘

後子琳被害南史

鏨鏤香爐

石虎冬月為複帳四角安純金銀鏨鏤香爐鄴中記

鳧藻爐

馮小憐有足爐曰辟邪手爐曰鳧藻冬天頃刻不離皆以其飾得名

瓦香爐

衡山芝堈有石室中有古人住處有刀鋸銅銚及瓦香爐傅先生南岳記

祠坐置香爐

香爐四時祠坐側皆置盧氏祭法

迎婚用香爐

婚迎車前用銅香爐二 徐爰家儀

熏籠

太子納妃有熏衣籠當亦秦漢之制 東宫舊事

筮香爐

吳郡吳泰能筮會稽盧氏失博山香爐使泰筮之泰曰此物質雖為金其象實山有樹非林有孔非泉閶闔風至時發青烟此香爐也語其至處求即得之 集異記

貪得銅爐

何尚之奏庾仲文貪賄得嫁女具銅爐四人舉乃勝

焚香之器

李後主長秋周氏居柔儀殿有主香宮女其焚香之器

曰把子蓮三雲鳳折腰獅子小三神卍字金鳳口罌玉

太古容華鼎凡數十種金玉為之清異録

文燕香爐

楊景猷有文燕香爐

聚香鼎

成都市中有聚香鼎以數爐焚香環於前則烟皆聚曷中清波雜志

百寳香爐

洛州昭成佛寺有安樂公主造百寳香爐高三尺朝野僉載

迦葉香爐

錢鎮州詩雖非五季餘韻然回旋讀之故自娓娓可觀題者多云寳子弗知何物以余攷之乃迦葉之香爐上有金蓮華内有金蓮臺即臺為寳子則知寳子乃香爐

耳亦可為此詩張本但若圜重規豈漢丁緩之製乎黄長睿集

金鑪口噴香烟

貞元中崔煒墜一巨穴有大白蛇負至一室室有錦繡幃帳帳前金爐爐上有蛟龍鸞鳳龜蛇孔雀皆張口噴出香烟芳芬蓊鬱太平廣記

龍文鼎

宋高宗幸張俊其所進御物有龍文鼎商彝高足彝商

文㚟等物武林舊事

肉香爐

齊趙人好以身為供養且謂兩臂為肉燈臺頂心為肉香爐清異錄

香爐峰

廬山有香爐峰李太白詩云日照香爐生紫烟來鵬詩云雲起香爐一炷烟

香鼎

周公謹云余見薛玄卿示以銅香鼎一兩耳有三龍交蟠宛轉自若有珠能轉動及取不能出蓋郃古物世之寶也

張受益藏兩耳彝爐下連方座四周皆作雙牛文藻並起朱綠交錯葉森按此製非名彝當是敦也又小鼎一内有款其年月日文藻甚佳其色青褐

趙松雪有方銅爐四脚兩耳饕餮面回文内有東宫二字款色正黑此鼎博古圖所無也又圓銅鼎一文藻極

佳內有款云瞿父癸鼎蛟脚

又金絲商嵌小鼎元賈氏物紋極細

李雁山見一爐羃上有十二孔應時出香並雲烟過眼録

香乘卷二十六

欽定四庫全書

香乘卷二十七

明　周嘉胄　撰

香詩彙

燒香曲　　李商隱

細龍蟠蟠牙比魚孔雀翅尾蛟龍鬚漳宫舊樣博山爐楚嬌捧笑開芙蕖八蠶繭綿小分炷獸焰微紅隔雲母白天月色寒未冷金虎含秋向東吐玉珮呵光銅照昏

簾波日暮邪衝門西來欲上茂陵樹柏梁已失栽桃魂
露庭月井大紅氣輕衫薄袖當君意蜀殿銅人伴夜深
金鑾不問殘燈事何當巧吹君懷度襟灰為土填清露

香　羅隱

沈水良材食柏珍博山爐煖玉樓春憐君亦是無端物
貪作馨香忘却身

寶熏　黃庭堅

賈天錫惠寶熏以兵衛森畫戟燕寢凝清香十詩贈之

險心遊萬仞躁欲生五兵隱几香一炷靈臺湛空明
晝食鳥窺臺晏坐日過砌俗氣無因來烟霏作輿衛
石蜜化螺甲榠樝煮水沈博山孤烟起對此作森森
輪囷香事已都梁著書畫誰能入吾室脫汝世俗械
賈侯懷六韜家有十二戟天資喜文事如有我香癖
林花飛片片香歸銜泥燕閉閤和風春還尋蔚宗傳
公虛採芹宮行樂在小寢香光當發聞色敗不可稔
牀帳夜氣馥衣桁晚香凝瓦溝鳴急雨睡鴨照華燈

雉尾應鞭聲金爐拂太清班近聞香早歸來學得成
衣籌麗沈綺有時乃芬芳當念眞富貴自熏知見香

帳中香

百鍊香螺沈水寶熏近出江南一穗黄雲繞几深禪相
對同參
螺甲割崑崙耳香村屑鷓鴣班欲雨鳴鳩日永下帷睡
鴨春閑

戲用前韻

有聞帳中香以為熬蠟香

海上有人逐臭天生鼻孔司南但印香嚴本寂叢林不必遍參

我讀蔚宗香傳文章不減二班誤以甲為淺俗却知麝要防閑

和魯直韻　蘇軾

四句燒香偈子隨風遍滿東南不是聞思所及且令鼻觀先參

萬卷明窗小字眼花只有𤢋斑一炷香燒火冷半生心老身閑

次韻荅子瞻　黄庭堅

置酒未容虚左論詩時要指南迎笑天香滿袖喜君先赴朝參

丹青已非前世竹君時窺一斑五字還當靖節數行誰是亭閔

印香　蘇軾

子由生日以檀香觀音像
新合印香銀篆盤為壽

栴檀波律海外芬西山老臍柏所熏香螺脫壓來相羣
能結縹緲風中雲一燈如螢起微焚何時度盡繆篆文
繚繞無窮合復分絲絲浮空散氤氳東坡持是壽卯君
君少與我師皇墳旁資老聃釋迦文共厄中年點蠅蚊
晚遇詩書何足云君方論道承華勛我亦旗鼓嚴中軍
國恩當報敢不勤但願不為世所醺爾來白髮不可耘
問君何時返鄉枌收拾散亡理放紛此心實與香俱焄

聞思大士應已聞

後卷載東坡沉香山子賦亦為子由壽香供上真上

聖者長公兩以致祝益敦友愛之至

沈香石

壁立孤峯倚硯旁共疑沈水得頑蒼欲隨楚客紉蘭佩

誰信吳兒是木腸山下會聞松化石玉中還有辟邪香

早知百和皆灰燼未信人間弱勝剛

凝齋香　　曾　鞏

每覺西齋景最幽不知官是古諸侯一樽風月身無事
千里耕桑歲共秋雲水洗心鳴好鳥玉泉清耳漱長流
沈烟細細臨黄卷凝在香烟最上頭

肖梅香　　張吉甫

江村招得玉妃魂化作金爐一炷雲但覺清芬暗浮動
不知碧篆已氤氳春收東閣簾初下夢想江湖被更熏
真似吾家雪溪上東風一夜隔籬聞

香界　　朱熹

幽與年來莫與同滋蘭聊欲洗光風真成佛國香雲界
不數淮山桂樹叢花氣無邊曛欲醉靈芬一點静還通
何須楚客紉秋佩坐卧經行向此中

返魂梅次蘇籍韻　　陳子高

誰道春歸無覓處眠齋香霧作春昏君詩似説江南信
試與梅花招斷魂
花開莫奏傷心曲花落休吟稱面粧只憶夢為蝴蝶去
香雲密處有春光

老夫粥後惟躭睡灰煖香濃百念消不學朱門貴公子鴨爐烟裏逞風標

鼻根無奈重烟繞徧處春隨夜色勻眼裏狂花開底事依然看作一枝春

漫道君家四壁空衣篝沈水晚朦朧詩情似被花相惱入我香奩境界中

龍涎香　　劉子翬

瘴海驪龍供素沫蠻村花露浥清滋微參鼻觀猶疑似

全在爐烟未發時

焚香　　邵康節

安樂窩中一炷香凌晨焚處豈尋常禍如許免人須諂福若待求天可量且異維摩留廟貌又殊兒女褭衣裳不思聞道徒謀食金玉誰家不滿堂

又　　楊庭秀

琢瓷作鼎碧於水削銀為葉輕似紙不文不武火力均閑閣下簾風不起詩人自炷古龍涎但令有香不見烟

素馨欲開茉莉折底處龍涎和棧檀平生飽食山林味不奈此香殊嫵媚呼兒急取蒸木犀却作書生真富貴

又　郝伯常

花落深庭日正長蜂何擾亂燕何忙匡牀不下凝塵滿消盡年光一炷香

又　陳去非

明窗延靜晝默坐消諸緣即將無限意寓此一炷烟當時戒定慧妙供均人天我豈不清夜于今心醒然爐香

裊孤碧雲縷霏數千悠然凌空去縹緲隨風還世事有過現熏性無變遷應是水中月波定還自圓

覓香

馨室從來一物無博山惟有一銅爐而今苟令真成癖秖欠清芳裊坐隅

又　顏博文

王希深合和新香烟氣清潤不類尋常可以為道人開筆端消息

玉水沈沈影銅爐裊裊烟為思丹鳳髓不愛老龍涎阜

帽直閒客黄衣小病仙定知雲屋下繡被有人眠

香爐

四座且莫喧聽我歌一言請説銅香爐崔嵬象南山上枝似松柏下根據銅盤雕文各異類離婁自相連誰能為此器公輸與魯般朱火然其中青烟颺其間順風入君懐四座莫不歡香風難久居空令蕙艸殘

博山香爐　劉繪

參差鬱佳麗合沓紛可憐蔽虧千種樹出沒萬重山上

鏤秦王子駕鶴乘紫烟下刻盤龍勢矯首半衘蓮旁為
伊水麗芝蓋出巖間後有漢女遊拾翠弄餘妍縈色何
雜糅褥繡更相鮮麕麚或騰倚林薄草芊眠掩華如不
發含熏未肯然風生玉階樹露湛曲池蓮寒蟲飛夜室
秋雲漫曉天

和劉雍州繪博山香爐詩　沈約

範金誠可則摛思必良工凝芳俟朱燎先鑄首山銅瓌
奇信島嶼奇態實瓌瓏峰磴互相拒岩岫杳無窮赤松

遊其上斂足御輕鴻蛟螭盤其下驤首盼層穹嶺側多
奇樹或孤或複蘩巖間有佚女垂袂似含風翬飛若未
翥虎視欝餘雄登山起重障左右引絲桐百和清夜吐
蘭烟四面充如彼崇朝氣觸石繞華嵩

迷香洞　史鳳

洞口飛瓊佩羽霓香風飄拂使人迷自從邂逅芙容帳
不數桃花流水溪

傳香枕

韓壽香從何處傳枕邊芬馥戀嬋娟休疑粉黛加鋌刃

玉女旃檀侍佛前

十香詞 出焚椒錄

青絲七尺長挽出内家粧不知眠枕上倍覺緑雲香

紅綃一幅强輕闌白玉光試開胸探取猶比顫酥香

芙蓉失新艷蓮花落故妝兩般總堪比可似粉腮香

蝤蠐那足並長須學鳳皇昨宵歡臂上應惹領邊香

和羹好滋味送語出宫商定知郎口内含有煖甘香

非關兼酒氣不是口脂芳郄疑花解語風送過來香
旣摘上林蕊還親御苑桑歸來便携手纖纖春笋香
咳唾千花釀肌膚百和裛元非噉沈水生得滿身香
鳳鞾抛合縫羅襪解輕霜誰將煖白玉雕出軟鉤香
解帶色已戰觸手心愈忙那識羅裙内消魂别有香

焚香詩　高啟

艾蒳山中品都夷海外芬龍洲傳舊採燕室試初焚奩
印灰縈字爐呈玉鏤文乍飄猶掩冉將斷更氤氲薄散

春江霧輕飛曉峽雲銷遲憑宿火度遠託微薰著物元
無跡游空忽有紋天絲垂裊裊地浪動沄沄異馥來千
和祥霏却衆葷嵐光風捲碎花氣日浮煮燈灺宵同歇
茶烟午共紛褰帷孅放早引匕記添勤梧影吟成見鳩
聲夢覺聞方傳媚寢法靈著辟邪勲小閣清秋雨低簾
薄晚曛情慚韓掾染恩記魏王分宴客留鴒侶招仙降
鶴羣曾携朝罷袖尚浥舞時帬囊稱縫羅佩篝宜覆錦
熏畫堂空搗桂素壁漫塗芸本欲叅童子何須學令君

忘言深坐處端此謝塵氛

焚香　文徵明

銀葉熒熒宿火明碧烟不動水沉清紙屏竹榻澄懷地細雨輕寒燕寢情妙境可能先鼻觀俗緣都盡洗心兵日長自展南華讀轉覺逍遥道味生

香烟六首　徐渭

誰將金鴨銜濃息我只磁龜待爾灰軟度低窗領風影濃梳高髻綰雲堆絲遊不解黏花落縷嗅知能惹蝶來

京賈漸疎包亦盡空餘紅印一梢梅
午坐焚香枉連歲香烟妙賞始今朝龍拿雲霧終傷猛
蜃起樓臺不暇飄直上亭亭纔佇立斜飛冉冉忽逍遥細
思絶景雙難比除是錢塘八月潮
霜沈欄竹更無他底事遊魂演百魔函谷迎關纔紫氣
雪山灌頂散青螺孤螢一點停灰冷古樹千藤寫影拖
春夢婆今何處去憑誰舉此似東坡
薝蔔花香形不似菖蒲花似不如香揣摩范氏鼻何暇

應接王郎眼倍忙滄海霧蒸神仗焌峨眉雪挂佛燈凉
併儂三物如堪擬促付孫娘刺繡牀
說與焚香知不知最憐描畫是烟時陽成礶口飛逃豕
太古空中刷臬絲想見當初勞造化亦知此物辯恢奇
道人不解供呼吸閒看須臾變換嬉
西窗影歇觀雖寂左柳籠穿息不遮懶學吳兒煆銀杏
且隨道士袖青蛇掃空烟火香嚴鼻琢盡玲瓏海象牙
莫訝因風忽濃淡高空刻刻改雲霞

香毬

香毬不減橘團圓橘氣香毬總可憐蟣蝨窠窠逃熱瘴烟雲夜夜輥寒氈蘭消蕙歇東方白炷挿針穿北斗旋一粒馬牙聯我輩萬金龍腦付嬋娟

詩句

百和裛衣香　金泥蘇合香　紅羅複斗帳四角垂香囊 古詩 盧家蘭室桂為梁中有鬱金蘇合香 梁武帝 合歡襦熏百和香 陳后主 彩墀散蘭麝風起自生香 鮑照 燈影照無

寐清心聞妙香　朝罷香烟携滿袖　衣冠身惹御爐

香杜　燕寢凝清香韋　裊裊沈水烟　披書古芸馥　守

帳然香著　沈香火煖茱萸烟義山　豹尾香烟滅陸厥　重熏

異國香李廓　多燒荀令香張正見　烟斜霧横焚椒蘭　然香

氣散不飛烟陸喻　羅衣亦罷熏胡增　沈水熏衣白壁堂胡宿　丙

舍無人遺爐香温庭筠　夜燒沈水香　香烟横碧縷東坡　蛛

絲凝篆香山谷　焚香破今夕　燕坐獨焚香商齋　焚香澄神

明韋　羣仙舞即香　向來一瓣香敬為曾南豐后山　博山

爐中百和香鬱金蘇合及都梁吳筠金爐絶沈燎　熏爐雞舌香　博山炯炯吐香霧古龍爐傳日香　爐烟添柳重　金爐蘭麝香沈佺期爐香暗徘徊　金爐細炷通睡鴨香爐換夕熏　荀令香爐可待熏義山博山吐香五雲散韋蓬萊宮繞玉爐香陳陶噴香瑞獸金三尺羅隱繡屏銀鴨香蓊朦温浥浥爐香初泛夜韋日烘荀令炷爐香山谷午夢不知緣底事篆烟燒盡一盤香屏山微風不動金猊香放翁

冷香拈句

蘇老泉一日家集舉香冷二字一聯為令首唱云水向石邊流出冷風從花裏過來香東坡云拂石坐來衣帶冷踏花歸去馬蹄香潁濱云桂子飄來月影冷梅花彈遍指頭香小妹云呌月杜鵑喉舌冷宿花蝴蝶夢魂香謝庭詠雪於此而兩見之

木犀 鷓鴣天 元裕之

桂子紛翻浥露黃桂花高靜愛年芳薔薇水潤宮衣輭

婆律膏清月殿涼　雲岫句海仙方情緣心事兩難忘
襄蓮枉誤秋風客可是無塵袖裏香

龍涎香　天香　　王沂孫

孤嶠盤烟層濤蛻月驪宮夜採鉛水訊遠槎風夢深薇
露化作斷魂心字紅甆候火還乍識氷環玉指一縷縈
簾翠影依稀海風雲氣　幾回殢嬌半醉剪春燈夜寒花
碎更好故溪風飛雪小窗深閉荀令如今頓老總忘郤
尊前舊風味慢惜餘熏空篝素被

輭香 慶清朝慢　　　　詹天游

能訥齋請賦且曰賦者不少願掃陳言

紅雨爭飛香塵生潤將春都揉成泥分明惠風微露花氣遲遲無奈汗酥浥透溫柔香裏濕雲癡偏廝稱霓裳霞佩玉骨氷肌　難品處難詠處驀然地不在著意聞時欵欵生綃扇底嫩涼動个些兒似醉渾無氣力海棠一色睡胭脂甚奇絶這般風韻韓壽爭知

詞句

玉帳鴛鴦噴蘭麝太白沈檀烟起盤紅霧徐昌國寂莫繡屏春一縷韋衣惹御爐香薛昭蘊博山香炷融爐香烟冷自亭亭李後主香草續殘爐謝希深爐香靜逐遊絲轉四和臭金鳧盡日水沈香一縷玉盤香轉看徘徊金鴨香凝袖謝無逸衣潤費爐烟周美成朱射掌中香長日篆烟消香滿雲窗月戶爐熏熟水留看繡被熏香透

香乘卷二十七

香乘卷二十八

明　周嘉胄　撰

香文彙

天香傳

丁　謂

香之為用從古尚矣所以奉神明可以達蠲潔三代禋享首惟馨之薦而沈水薫陸無聞焉百家傳記萃衆芳之美而蕭薌鬱鬯不尊焉禮云至敬不享味貴氣臭也

是知其用至重採製粗略其名實繁而品類叢脞矣觀乎上古帝王之書釋道經典之說則記録綿逺賛頌嚴重色目至衆法度殊絶西方聖人曰大小世界上下内外種種諸香又曰千萬種和香若香若丸若末若塗以香花香果香樹天合和之香又曰天上諸天之香又佛土國名衆香其香比於十方人天之香㝡為第一尚書曰上聖焚百寶香天真皇人焚千和香黄帝以沈榆蓂荚為香又曰真仙所焚之香皆聞百里有積烟成雲積

雲成雨然則與人間共所貴者沈香薰陸也故經云沈香堅株又曰沈水香佛降之夕尊位而捧爐香者烟高丈餘其色正紅得非天上諸天之香耶三皇寶齋香珠法其法雜而末之色色至細然後叢聚杵之三萬緘以銀器載蒸載和豆分而丸之珠貫而曝之旦日此香焚之上徹諸天蓋以沈香為宗薰陸副之也是知古聖欽崇之至厚所以備物實妙之無極謂變世寅奉香火之薦鮮有廢者然蕭茅之類隨其所備不足觀也祥符初

奉詔充天書狀持使道場科醮無虛日永晝達夕寶香不絶乘輿肅謁則五上為禮真宗每至玉皇真聖聖祖位前皆五上香馥烈之異非世所聞大約以沈香乳香為本龍腦和劑之此法累稟之聖祖中禁少知者況外司耶八年掌國計而鎮旄鉞四領樞軸俸給頒賚隨日而隆故苾芬之羞特與昔異襲慶奉祀日賜供內乳香一百二十斤入留副都知張繼能為使在宮觀密賜新香動以百數沈乳降真黃香由是私門之內沈乳足用有唐雜記言明皇時異人云醮席中每爇

乳香靈祇皆去人至於今惑之夏宗時新稟聖訓沈乳
二香所以奉高天上聖百靈不敢當也無他言上聖即
政之六月授詔罷相分務西雒尋遷海南憂患之中一
無塵慮越惟永晝晴天長霄垂象爐香之趣益增其勤
素聞海南出香至多始命市之於閭里間十無一假有
板官裴鶚者唐宰相晉公中令之裔孫也土地所宜悉
究本末且曰瓊管之地黎母山奠之四部境域皆枕山
麓香多出此山甲於天下然取之有時售之有主蓋黎

人皆力耕治業不以採香專利閩越海賈惟以餘杭船即香市每歲冬季黎峒待此船至方入山尋採州人役而賈販盡歸船商故非時不有也香之類有四曰沈曰棧曰生結曰黃熟其為狀也十有二沈香得其八焉曰烏文格土人以木之格其沈香如烏文木之色而澤更取其堅格是美之至也曰黃蠟其表如蠟少刮削之黳紫相半烏文格之次也牛目與角及蹄曰雉頭泊髀若骨此沈香之狀土人則曰牛目牛角雞頭雞腿雞骨曰

崑崙梅格棧香也此比梅樹也黄黑相半而稍堅土人以此比棧香也曰蟲鏤凡曰蟲鏤其香尤佳葢香蕪黄熟蟲蛀蛇攻腐朽盡去菁英獨存者也曰傘竹格黄熟香也如竹色黄白而帶黑有似棧也曰茅葉有似茅葉至輕有入水而沈者得沈香之餘氣也焚之至佳土人以其非堅實抑之為黄熟也曰鷓鴣斑色駁雜如鷓鴣羽也生結香者棧香未成沈者有之黄熟未成棧者有之凡四名十二狀皆出一本樹體如白楊葉如冬青而小

膚表也標末也質輕而散理疎以粗曰黃熟黃熟之中
黑色堅勁者曰棧香棧香之名相傳甚遠即未知其旨
惟沈水為狀也骨肉顴脫芒角銳利無大小無厚薄掌
握之有金玉之重切磋之有犀角之勁縱分斷瑣碎而
氣脈滋益用之與臬塊者等鷄云香不欲大圍尺以上
處有水病若斤以上者中含兩孔以下浮水即不沈矣
又曰或有附於柏栟隱於曲枝蟄藏深根或抱真木本
或挺然結實混然成形嵌如穴谷屹若歸雲如矯首龍

如峩冠鳯如麟植趾如鴻綴翮如曲肱如駢指但文彩緻密光彩射人斤斧之跡一無所及置器以驗如石投水此寳香也千百一而已矣夫如是自非一氣粹和之凝結百神祥異之含育則何以羣木之中獨稟靈氣首出庶物得奉高天也占城所産棧沈至多彼方貿選或入番禺或入大食貴重沈棧香與黄金同價鄉耆云比歲有大食番舶為颶所逆寓此屬邑首領以富有自大肆筵設席極其誇詫州人私相顧曰以貲較勝誠不敵

矣然視其爐烟蓊鬱不舉乾而輕瘠而焦非妙也遂以海北岸者即席而焚之其烟杳杳若引東溟濃腴涓涓如練凝淹芳馨之氣特久益佳大舶之徒由是披靡生結香者取不候其成非自然者也生結沈香與棧香等生結棧香品與黄熟等生結黄熟品之下也色澤浮虚而肌質散緩然之辛烈少和氣久則潰敗速用之即不佳沈棧成香則永無朽腐矣雷化高竇亦中國出香之地比海南者優劣不侔甚矣既所稟不同而售者多故

取者速也是黄熟不待其成棧棧不待其成沈盖取利

者戕賊之也非如瓊管皆深峒黎人非時不妄剪伐故

樹無夭折之患得必皆異香曰熟香曰脱落香皆是自

然成者餘杭市香之家有萬斤黄熟者得真棧百斤則

為稀矣百斤真棧得上等沈香數十斤亦為難矣薫陸

乳香長大而明瑩者出大食國彼國香樹連山絡野如

桃膠松脂委於石地聚而斂之若京坻香山多石而少

雨載詢番舶則云昨過乳香山彼人云此山不雨已三

十年矣香中帶石末者非濫偽也地無土也然則此樹若生於塗泥則無香不得為香矣天地植物其有自乎贊曰百昌之首備物之先于以相禋于以告虔孰歆至薦孰享芳烟上聖之聖高天之天

和香序　范蔚宗

麝本多忌過分即害沈實易和過斤無傷零藿燥虛詹糖粘濕甘松蘇合安息鬱金捺多和羅之屬並被於外國無取於中土又棗膏昏蒙甲䬳淺俗非惟無助於馨

烈乃當彌增於尤疾也

此序所言悉以比士類鬵本多忌比庾景之棗膏昏

蒙比羊玄保甲餞淺俗比徐湛之甘松蘇合比惠休

道人沈實易和蓋自比也

香說

秦漢以前二廣未通中國中國無今沈腦等香也宗廟

焫蕭茅獻尚鬱食品貴椒至荀卿氏方言椒蘭漢雖已

得南粤其尚臭之極者椒房郎官以雞舌奏事而已較

之沈腦其等級之高下甚不類也惟西京雜記載長安巧工丁緩作被中香爐頗疑已有今香然劉向銘博山香爐亦止曰中有蘭綺朱火青烟玉臺新詠集亦云朱火然其中青烟颺其間好香難久居空令蕙草殘二文所賦皆焚蘭蕙而非沈腦是漢雖通南粤亦未有南粤香也漢武内傳載西王母降爇嬰香等品多名異然疑後人為之漢武奉仙窮極宫室帷帳器用之屬漢史備記不遺若曾製古來未有之香安得不記

博山爐銘　劉向

嘉此王氣嶄巖若山上貫太華承以銅盤中有蘭綺朱火青烟

香爐銘　梁元帝

蘇合氤氲飛烟若雲時濃更薄乍聚還分火微難爐風長易聞孰云道力慈悲所熏

欝金香頌　古九嬪

伊此奇香名曰欝金越此殊域厥彌來尋芬芳酷烈悦

目欣心明德惟馨淑人是欽窈窕淑媛服之禱襟永垂

名實曠世弗沈

藿香頌 江淹

桂似過烈麝似太芬摧沮天壽夭抑人文詎知藿香微

馥微薰攝靈百仞養氣青雲

瑞香寶峰頌并序 張建

臣建謹按史記龜策傳曰有神龜在江南嘉林中嘉林

者獸無狼虎鳥無鴟鴞草無螫毒野火不及斧斤不至

是謂嘉林龜在其中常巢於芳蓮之上胸書文曰甲子重光得我為帝王觀是書文豈不偉哉臣少時在書室中雅好焚香有海上道人白臣言曰子知沈之所出乎請為子言盖江南有嘉林嘉林者美木也木美則堅實堅實則善沈或秋水氾溢美木漂流沈於海底蛟龍蟠伏於上故木之香清烈而戀水濤瀨淙激於下故木形嵌空而類山近得小山於海賈巉岩可愛名之瑞沈寶峰不敢藏諸私室謹齋莊潔誠跪進玉陛以為天壽聖

節瑞物之獻臣建謹拜手稽首而為之頌曰
大江之南粤有嘉林嘉林之木入水而沈蛟龍枕之香
冽自清濤瀨潄之峰岫乃成海神愕視不敢閟藏因朝
而出瑞我明昌明昌至治如沈馨香明昌睿筭如山久
長臣老且耄聖恩曷報歌此頌詩以配天保

迷迭香賦　　魏文帝

播西都之麗草兮應青春之凝暉流翠葉於纖柯兮結
微根於丹墀方暮秋之幽蘭兮麗崑崙之英芝信繁華

之速逝兮弗見凋於嚴霜既經時而收採兮遂幽蘭以增芳去枝葉而持御兮入銷穀之霧裳附玉體以行止兮順微風而舒光

鬱金香賦　傅玄

葉萋萋以翠青英蘊蘊以金黄樹菴藹以成陰氣芬馥以含芳凌蘇合之殊珍豈艾蒳之足方榮播帝寓香耀紫宫吐芳揚烈萬里望風

芸香賦　傅咸

携脆枝以逍遥兮覽偉草之敷英慕君子之弘覆兮超託軀於朱庭俯飲澤於月環兮仰吸潤乎太清繁兹綠葉茂此翠莖葉葳蕤以紛敷兮枝媚妍以迴縈象春松之含曜兮鬱蓊蔚以葱菁

雞舌香賦 并序

顔博文

沈括以丁香為雞舌而醫者疑之古人用雞舌取其芬香便於奏事世俗蔽於所習以丁香之狀於雞舌大不類也乃慨然有感為賦以解之云

嘉物之產潛竄山谷其根盤行龍陰蛇伏期微生之可保處幽翳而足方吐英而布葉似千世而無欲醮醮嬌黄緯緯疎綠偶咀嚼而味馨以奇功而見録攘肌被逼粉骨遭辱雖功利之及人恨此身之莫贖惟彼雞舌味和而長氣烈而揚可與君子同升廟堂發胸臆之藻繪粲齒牙之氷霜一語不忌澤及四方遡日月而上征與鴛鴦而同翔惟其施之得宜豈凡物之可當世以疑似猶有可議雖二名之靡同眇不失其為貴彼鳳頸而龍準

謂蜂目而烏喙況稱謂之不爽稽形質而實類者也殊不知天下之物竊名者多矣雞腸烏喙牛舌馬齒川有羊躑山有鳶尾龍膽虎掌猪膏鼠耳鴟脚羊眼鹿角豹足彘顱狼跋狗脊馬目燕頷之黍虎皮之稻蕁貴雉尾藥尚雞爪葡萄取象於馬乳波律膠稱於龍腦筍雞脛以為珍瓠牛角而貴早亦有鴨脚之葵貍頭之瓜魚甲之松鶴翎之花以雞頭龍眼而充果以雀舌鷹爪而名茶彼爭工而擅價咸好大而喜誇其間名實相叛是非

迭居得其實者如聖賢之在高位無其實者如名器之

假盜軀嗟所遇之不同亦自賢而自愚彼方逐臭於海

上豈芬芳之是娛嫫姆飾貌而薦食西子掩面而守閭

餌醯醬而委醍醐佩碔砆而捐瓊琚舍文茵而卧蘧篨

習薤露而廢笙竽劒作錐而補履驥垂頭而駕車蹇不

過而被跨將栖栖而為圖是香也市井所緩廊廟所急

豈比馬蹄之近俗燕尾之就濕聽秋雨之淋淫若蒼天

為兹而雪泣若將有人依龜甲之屏炷鵲尾之爐研以

鳳咮筆以鼠鬚作蜂腰鶴膝之語為鵠頭蟲脚之書為茲香而解嘲明氣類之不殊顧或用於賢相藹芳烈於

天衢

銅博山香爐賦　昭明太子

方夏鼎之瓌異類山經之俶詭制一器而備衆質詠茲物之為侈於時青女司寒紅光翳景吐圓舒於東嶽匿丹曦於西嶺蕙帷已低蘭膏未屏爨松柏之火焚蘭麝之芳熒熒內曜芬芬外揚似卿雲之呈色若景星之舒

光齊姬合歡而流盼燕女巧笑而蛾揚超公聞之見錫
粤文若之留香信名真而器美永服玩於華堂

博山香爐賦　　　　　　傅縡

器象南山香傳西國丁緩巧鑄蕭資匠刻麝火埋朱蘭
煙毀黑結構危峰横羅雜樹寒夜含煖清霄吐霧製作
巧妙獨稱珍淑景澄明而鳧篆氤氲而若春隨風本
勝千釀酒散馥還如一碩人

沈香山子賦子由生日作　　　　　　蘇軾

古者以芸為香以蘭為芬以鬱鬯為祼以脂蕭為焚以椒為塗以蕙為薰杜蘅帶屈菖蒲薦文麝多忌而本羶蘇合若香而實葷嗟吾知之幾何為方入之所分方根塵之起滅常顛倒其天君每求似於髣髴或鼻勞而妄聞獨沈水為近正可以配薝蔔而並云矧儋崖之異產實超然而不羣既金堅而玉潤亦鶴骨而龍筋惟膏液之內足故把握而兼斤顧占城之枯朽宜爨釜而燎蚊宛彼小山巉然可忻如太華之倚天象小姑之插雲往

壽子之生朝以寫我之老懃子方面壁以終日豈亦歸田而自耘幸置此於几席養幽芳於帨帉無一往之發烈有無窮之氤氳葢非獨以飲東坡之壽亦所以食黎人之芹

香丸志

貞觀時有書生幼時貧賤每為人侮害雖極悲憤而無由洩其忿一日閒步經觀音里有一婦人姿甚美與生眷顧侍兒負一革囊至曰主母所命也啟視則人頭數

顆顏色未變乃向侮害生者也生驚欲避去侍兒曰郎君請無驚必不相累主母亦素仇諸惡少年欲假手於郎君生愧謝弗能婦人命侍兒進一香丸曰不勞君舉腕君第掃淨室夜坐焚此香於爐香烟所至君急隨之即得志矣有所獲須將納於革囊歸勿畏也生如言焚香隨烟而往初不覺有墻壁礙行處皆有光亦不類暗夜每至一處烟嬝嬝繞惡少年頸三繞而頭自落或獨宿一室或妻子共牀寢或初就枕侍兒執巾若麈尾如

意圍繞未敢退息不覺不知生悉以頭納革囊中若夢中所為殊無畏意於是烟復𡡉𡡉而旋生復隨之而迈到家未三鼓也烟甫收火已寒矣探之其香變成金色圓若彈倏然去鏗鏗有聲生恐婦復須此物正惶急間侍兒不由門户忽爾在前生告曰香丸飛去侍兒曰得之久矣主母傳語郎君此畏關也此關一破無不可為姑了天下事共作神仙也後生與婦俱徙去不知所之

上香偈 道書

謹焚道香德香無為香無為清淨自然香妙洞真香靈寶惠香朝三界香香滿瓊樓玉境遍諸天法界以此真香騰空上奏　焚香有偈返生寶木沈水奇材瑞氣氤氳祥雲繚繞上通金闕下入幽冥

脩香　陸放翁義方訓

空庭一炷上達神明家廟一炷曾英祖靈且謝且祈特此而已此而不為吁嗟已矣

附諸譜序

河南陳氏曾合四譜為書後二編為陳序者併為余纂建勳諸序彙此以存異代同心之契

葉氏香錄序

古者無香燔柴焫蕭尚氣臭而已故香之字雖載於經而非今之所謂香也至漢以來外域入貢香之名始見於百家傳記而南蕃之香獨後出焉世亦罕有能盡知之余於泉州職事實兼舶司因蕃商之至詢究本末錄之以廣異聞亦君子恥一物不知之意紹興二十一年

左朝請大夫知泉州軍州事葉廷珪序

顔氏香史序

焚香之法不見於三代漢唐衣冠之儒稍稍用之然返魂飛氣出於道家旃檀伽羅盛於緇廬名之奇者則有燕尾雞舌龍涎鳳腦品之異者則有紅藍赤檀白茅青桂其貴重則有水沉雄麝其幽遠則有石葉木蜜百濯之珍罽賓月支之貴泛泛如噴珠霧不可勝計然多出於尚怪之士未可皆信其有無彼欲刳凡剔俗其合和

窨造自有佳處惟深得三昧者乃盡其妙因探古今熏脩之法釐為六篇以其叙香之行事故曰香史不徒為熏潔也五臟惟脾喜香以養鼻通神明而去尤疾焉然黄冠緇衣之師久習靈壇之供錦韝紈袴之子少躭洞房之樂觀是書也不為無補雲龕居士序

洪氏香譜序

書稱至治馨香明德惟馨反是則曰腥聞在上傳以芝蘭之室鮑魚之肆為善惡之辯離騷以蘭蕙杜蘅為君

子糞壤蕭艾為小人君子澡雪其身心熏祓以道義有無窮之聞余之譜香亦是意云

陳氏香譜序

香者五臭之一而人服媚之至於為香作譜非世官博物嘗閱舶浮海者不能悉也河南陳氏香譜自中齋至浩卿再世乃獲博採洪顏沈葉諸譜具在此編集其大成矣詩書言香不過黍稷蕭脂故香之為字從黍作甘古者自黍稷之外可焫者蕭可佩者蘭可鬯者鬱名為

香草者無幾此時譜可無作楚辭所録名物漸多猶未
取於遐裔也漢唐以來言香者必南海之産故不可無
譜浩卿過彭蠡以其譜視釣者熊朋來俾為序釣者驚
曰豈其乏使而及我子再世成譜亦不易宜遴序者豈
無蓬萊玉署懐香握蘭之仙儒又豈無喬木故家芝芳
蘭馥之世卿豈無島服夷言誇香詫寶之舶官又豈無
神州赤縣進香受爵之少府豈無寶梵琳房聞思道韻
之高人又豈無瑤英玉蕊羅襦薌澤之女士凡知香者

皆使序之若僕也厌釘之望既窮熏習之夢从斷空有廬山一峰以為爐峨眉片雪以為香子併收入譜矣每憶劉季和香癖過爐熏身其主簿張坦以為俗坦可謂直諒之友季和能笑領其言亦庶幾善補過者有士如此如荀令君至人家坐席三日香如梅學士每晨以袖覆爐撮袖以出坐定放香是富貴自好者所為未聞聖賢為此惜其不遇張坦也按禮經容臭者童孺所佩茝蘭者婦佩所採大丈夫則自有流芳百世者在故魏武

猶能禁家内不得熏香謝玄佩香囊則安石惡之然琴窗書室不得此譜則無以治爐熏至於自熏知見抑存乎其人遂長揖謝客鼓棹去客追録為香譜序至治壬戌蘭秋彭蠡釣徒熊朋來序

又

韋應物掃地焚香燕寢為之凝清黄魯直隱几炷香靈臺為之空湛從來韻人勝士爐霏晝妝道心純淨法應如是汴陳浩卿於清江出其先君子中齋公所輯香譜

如銖熏初縱縹緲願香悟韋郎於白傳之香山識涪翁於黃仙之叱石是譜之香遠矣浩卿卓然肯構能使書香不斷經傳之雅馥芳韶騷選之靚馡初曙方遺家譜可也袖中后山瓣香亦當詢龍象法筵拈起超方迴向

至治壬戌夏五長沙梅花溪道人李琳書

辛巳歲諸公助刻此書工過半矣時余存友海上歸則梓人盡斃於疫板寄他所復遘祝融成毀數奇可勝太息癸未秋欲營數椽苦貲不給甫用拮据偶展

鶴林玉露得徐淵子詩云俸餘擬辦買山錢復買端州古研塼依舊被渠驅使在買山之事定何年頗嘉淵子之雅尚乃決意移貲剞劂因歎時賢著述朝成暮梓木與稿隨余茲纂歷壯逾衰歲月載更梨棗重災何艱易殊人太甚耶友人慰之曰事物之不齊天定有以齊之者脫稿日用書顛末云爾是歲八月之望

香乘卷二十八

總校官進士臣程嘉謨

校對官編修臣周厚轅

謄錄監生臣漆炳文

圖書在版編目（CIP）數據

香乘 / (明) 周嘉胄撰. — 北京：中國書店,
2018.8
ISBN 978-7-5149-1003-2

Ⅰ. ①香… Ⅱ. ①周… Ⅲ. ①筆記 – 中國 – 明代 – 選
集 Ⅳ. ①I242.1

中國版本圖書館CIP數據核字(2013)第263772號

四庫全書・藝術類

香乘

作者 明・周嘉胄撰
出版發行 中国书店
地址 北京市西城區琉璃廠東街一一五號
郵編 一〇〇〇五〇
印刷 山東潤聲印務有限公司
開本 730毫米×1130毫米 1/16
印張 54
版次 二〇二〇年七月第一版第二次印刷
書號 ISBN 978-7-5149-1003-2
定價 一六〇 元（全二册）